物語のなかとそと

江國香織

JN031557

朝日文庫

本書は二〇一八年三月、小社より刊行されたものです。

物語のなかとそと●目次

I 書くこと

無題　15
秘密　24
「飛ぶ教室」のこと　37
パンのこと　40
食器棚の奥で　45
二〇〇九年の日記　47
地味な小説　53
運ばれてくるもの　57

透明な箱、ひとりだけでする冒険　60
神秘のヴェール　63

II 読むこと

読書ノート　71
模索と判断──私の人生を変えたこの小説　74
自由　76
マーガレット・ワイズ・ブラウンのこと　79
奇妙な場所　84

川上さんへの手紙　92
絵本の力　96
あのひそやかな気配　本たちのつくる陰翳の深さ　98
辞書とおなじもの――『ちいさなうさこちゃん』のこと　100
好きなもの　102
ここに居続けること　104
代官山の思い出　109
ゆうべのこと　111
最近読んだ本　112
二十年目の近況報告――二〇〇八年秋のこと　114
この三冊　120
ここととそこ　121

荒井良二さんへの手紙　124
窓、ロアンの中庭　126
物語のなかとそと——文学的近況　130

III　その周辺

散歩がついてくる　139
上海の雨　141
外で遊ぶ　155
所有する街　157

でかけて行く街 159
街なかの友人 161
弦楽器の音のこと 163
子供の周辺（一） 169
子供の周辺（二） 171
遠慮をしない礼儀 173
かわいそうにという言葉 175
豆のすじ――作家の口福　その一 177
インド料理屋さん――作家の口福　その二 180
お粥――作家の口福　その三 183
ほめ言葉――作家の口福　その四 186
旅のための靴 189

蕎麦屋奇譚　194
エペルネーのチューリップ――春　199
近所の花――夏　202
なでしこのこと――秋　205
雪の荒野とヒース――冬　208
〝気〟のこと　211
彼女はいま全力で　214
あとがき　217
解説　町屋良平　219

物語のなかとそと

I　書くこと

無題

「大きな問題はありません」

と、医者は言った。

「大きな問題は？」

私は怯えて訊き返す。

「じゃあ、小さな問題はあるのでしょうか」

ときは九月。よく晴れた日で、そっけなく無機質な病院の窓から、赤い実をつけたイチイの木が見える。四角く切り取られたその風景のあかるさが、何となく歪んで、現実感のないものに思えた。

「ええ、それはまあ、いくつか」

医者はこたえ、目の前に置かれた書類をゆっくりめくっていく。茶色い革張りの

丸いスツールに腰掛けて待つ私は、医者がなかなか続きを口にしないのでじれて、

「たとえば？」

と促してしまう。こういうのはかなり居心地が悪い。私は五十歳で、身長体重ともに標準よりもだいぶすくないが活力はあるつもりだし、どこといって不調はなく、それなのに二週間前にさまざまな検査を受けたのは、そうするよう、周囲に強くすすめられたからだ。病院を恐がるなんて子供じみている、と信頼する編集者にたしなめられたし、その咳は絶対に悪性だ、と夫に脅かされたし、一度も検査を受けたことがないなんて、〝やばい〟し非常識だと妹に叱られたからで、三人とも、一度は病院でちゃんと調べてもらうべきだと口を揃えた。そう言われると私もにわかに不安になり、そういえば、子供のころから父親に、お前にはどこか不健康なところがある、と言われてもいたのだったと遠いことを思いだしたりもした。

たとえば、と医者がようやく口をひらく。

「たとえば、スノーボードが一つひっかかっています」

と。

「スノーボードが？」

私は驚く。

「どこに？」

それが、と医者はやや口ごもり、

「現代の医学では、場所までは特定できないのです」

と言った。

「そんなに大きなものが、私のなかにひっかかっているんですか？」

信じられない思いで尋ねたが、医者はそれにはこたえず、

「食欲はありますか？」

と、私の目を見てやさしげに微笑む。

「はい、普通に。今朝はいちじくを二つたべました。それに紅茶」

こたえたが、私は医者の口調も微笑みも気に入らなかった。まるで、助けようのない病人を励ますみたいな口調と微笑みだったからだ。

「それで、ほんとうにそんなに大きなものが私の身体のなかにあるんですか？」

私は話題を戻した。医者はうなずく。

それにしてもスノーボードとは。自慢ではないが私はスポーツと無縁で、経験者

に言わせると「スキーより手軽でゴキゲン」らしいそのレクリエーションを——そんなことを言えばスキーもだが——試してみたこともない。それなのになぜ、そんなものをのみこんだのかわからなかった。

「のみこんだとは言っていません」

医者が静かに訂正する。

「それに、スノーボード以外にも、小型ボートや飛行機がひっかかっています」

「乗るものばかりですね」

「たまたまです」

と言って医者は、きょう初めて素直な感じに微笑んだ。書き忘れていたけれど、医者は三十代半ばくらいに見える男性で、中肉中背、黒縁の眼鏡をかけている。

「乗るもの以外にもいろいろひっかかっています。たとえばキンカンベリーとか」

「キンカンベリーって何ですか?」

「さあ、それは」

というのが医者の返事だった。

「私は医学の専門家であって、植物の専門家ではありませんから」

というのが。

「植物なんですか?」

尋ねると、

「え?　植物じゃないんですか?」

と訊き返された。私は混乱する。混乱のあまり、どちらかというとどうでもいいことに類する質問をしてしまう。

「ベリーというからには、イチゴとかブルーベリーとかの一種でしょうか?」

「そう思いますね。断言はできませんが」

沈黙がおりる。また居心地が悪くなり、私はスツールを左右に回した。退屈した子供みたいに。もし妹が見たら、姉さんやめなさいよ、みっともない、と言うだろう。妹は私より六つ歳下で、でも私よりしっかりしている(みんなそう言うので、おそらくそうなのだろう、よくわからないけれど)。この病院をすすめてくれたのも妹で、理由は、「先生がハンサムだから」。妹は母似で、私は父似だ。でも、ほんとうのことを言うとそれもどうだかわからない。年をとるにつれて、私は自分の口調が母に似てきているのを感じる。

「それで、私はどうすればいいんでしょう」

尋ねると、医者は困った顔をした。

「いまのところ、打つ手はありません」

きちんと食事をし、と医者は続ける。十分な睡眠を取り、できれば煙草は止めて、お酒を控え、適度な運動をして、ストレスを溜めず、うんぬんかんぬん。

「のみこんだんじゃないとすると」

納得できず、私は言った。

「どこから入りこんだのでしょうか」

それですよ、と医者は我が意を得たりの顔で言う。

「それがわかれば対処のしようもあるんですがね」

それからおもむろに立ちあがり、

「率直に申し上げて」

と、これから相手が聞きたくないことを言うぞオーラを全開にし、

「あなたの状態はかなり異様です。言語を絶する」

と断じた。私はぞっとする。職業柄、言語を絶するわけにはいかないからだ。医

者は、なにしろこの厚み、と書類の束を持ち上げて見せ、

「ただのカルテなのにですよ、百二頁ですよ、百二頁」

と、まるでそれが私のせいであるかのようにこちらにつっかかってくる。

「まったくわけがわからない。読みましょうか？　トースト、クモの巣、子供たち、ヤモリ、雨、長靴、馬、街角、父親、母親、塩、砂浜、桃、携帯電話の価値に対する疑問、古民家、草笛……」

「価値に対する疑問？」

リストはまだまだ続きそうだったが、違和感を覚えて私はさえぎった。

「それだけちょっと変じゃないですか？　他のはみんな、具体的な物とか人なのに」

医者はため息をついた。

「疑問シリーズもできますよ。たくさんあります」

書類をめくりかける。

「いいです、もうそれ、探して下さらなくて」

私はあわてて止めた。

「ともかくそういうもろもろが、私のなかにひっかかっているんですね」

「ええ、ほんとうに変ったものがいろいろひっかかっています。雪だるまとか、恋人とか」

「恋人？」

私は頓狂な声をだしてしまう。かつてつきあった男たちの顔を思い浮かべる。なつかしい、でももうはっきりとは思いだせない男たち。どれですか、という言葉を辛うじてのみこみ、

「どんな恋人ですか？　何か特徴はありますか？」

と訊いてみた。医者はまた手元の書類をしかつめらしく何枚かめくり、じっと読み込む。スツールの上で、私はまたじれて落着きなく身じろぎをする。

「特徴は、とくにありませんね。ただ漠然と、恋人です」

私は呆れる。そんなのおかしくはないだろうか。特徴のない恋人なんて。骨格も肌の匂いも声の温度も、一人一人ちがうからこそ恋愛が可能なのに。

「問題はそういうことではなく」

医者が、自分の爪をいじりながら言った。

「問題は、あなたが世界じゅうのつまらないものを、いや、失礼、いまのは主観です、世界じゅうのばかげたものを、あ、こっちの方がもっとひどいかな」

あたふたした医者は、机の上にあったルーペを肘で床に弾き落としてしまう。私はかがんでそれを拾った。

「問題は、ですね」

背すじをのばし、医者が言い直す。

「ともかく世界じゅうの瑣末なものを、どういうわけかあなたが全身で拾い集めてしまうことです」

ああ、と私は納得する。

「ああ、そのこと」

それは仕方がありません、と私は言う。私は小説家ですから、と。スツールから立ちあがり、安心して診察室をあとにしたのだが、キンカンベリーというのが何のことかは、そのあと、いくら考えてもわからなかった。

（エスパス ルイ・ヴィトン東京で開催された展覧会「IN SITU-1」にて配布された冊子に掲載、二〇一四年九月から二〇一五年一月）

秘密

秘密というのは誰にも知られたくないこと、あるいは知られると困ること、だと思っていました。だから皆それを自分の胸一つに収め、しっかりと口をつぐんでいるのだろう、と。

でも、それは何かを秘密にしている、にすぎない。秘密にする、という言葉自体が、そもそもそれが秘密ではなかったことを物語っています。

秘密。ほんとうのそれは、夜中に闇のなかでするお手玉に似ています。誰かに知られても、見られてもちっともかまわないのに、ほかの人にはなかなか見えない。しゃくしゃくしゃくしゃく、ちゃくちゃくちゃく。ひそやかな音が聞こえるだけです。お手玉はたしかに目の前にあり、薄絹のすべらかでつめたい手ざわりも、小さくても手ごたえのある、小豆粒たちの心愉しい重みも、それを投げ上げたり受けとめたりしている者にとっては、まさに現実であるのに。

これから私がお話ししようとしていることも、そういう類の出来事でした。ちっぽけだけれどほんとうの秘密なので、秘密にする必要はないわけなのでした。

私の家にはがらくたがたくさんあります。勿論、ひとさまから見てがらくただということで、私にとっては一つ一つがそれなりにいとおしく、役に立たないことがわかっていても、とても捨てられないものたちです。

たとえば割れてしまった陶磁器のかけら。これはいただきもののレイズン・ウィッチの入っていた、白い紙の箱に入れてあります。いまでこそ色とりどりのただのかけらですけれども、かつては赤絵の菓子鉢であったり、少女のころに使っていた花柄の紅茶茶碗であったり、夫の愛用していた湯吞みであったり、結婚祝いにいただいたガラスのコップであったりしました。そう思うと捨てることができません。ふたをしたままの紙箱は、揺するとかさこそともかたこととも聞こえる音をたてます。

たとえば友人たちからもらった夥しい数の手紙や葉書き。あるものはインクが色あせてところどころ読めませんし、あるものは古すぎて紙が日にやけて——私の持っているいちばん古い葉書きには、二円という切手が貼られています——端がかりかりに乾いています。それでもとても捨てられません。手紙の文章というものは、よしんばそれが借金の督促状とか絶縁状だったとしても、書いた人——友人たち、家族たち。なかにはもう死んでしまった人たちもいます——の、声そのものだと思うからです。手紙類は三つの段ボール箱に詰めて、仕事部屋の隅に積んであります。ドッグフードを入れるボウルが四つと、犬の首輪が二十ほど、というのもあります。これは私がかつて飼っていた犬たちのもので、ひとさまから見れば立派ながらくただろうと思われます。犬たちは四匹ともすでにこの世を去り、ボウルも首輪も、もう誰も使わないのですから。それでも私はそれらの品を出窓にならべ、ときどき眺めて犬たちを思いだすようすがにしています。あの四匹の犬たちの、愛くるしい瞳や信頼の深さや、賢さや気高さを思いだすようすがに。

ほかにもいろんながらくたがあります。幾つもの植木鉢、ペン先の折れてしまった万年筆や、ビスケットの空き缶にいっぱいの、端切れやボタンや毛糸のきれはし。数百個におよぶワインのコルク栓——一つずつに、それを飲んだ日づけと場所、愛の言葉が書かれています――、石のとれてしまったブローチ、あちこちの海で拾った貝殻。

列挙すればきりもありませんが、ともかくそういったもののなかに、あの箱があったのです。

あの箱――。

ふたに赤い千代紙の貼られたその箱は、もともと母が文箱として使っていたものです。古くはなっても造りが丈夫で、私はそこに、数十個の消しゴムを入れていました。使い終わって、小さくまるくなった消しゴムです。

御存知のように、消しゴムというものは、完全に失くなるまで使いきることが困難なものです。小さくなるにつれ、最初についていたカバーのようなもの（まあ、ついていたとして）ははずれてしまい、そうなるとじきに本体に手垢などがついて黒く汚れてきます。汚れた消しゴムを使ったために、紙まで黒く汚れてしまう、というのは実にまったく腹立たしいことです。裏切られたような気持ちさえします。また、小さすぎる消しゴムは持ちにくく、紙にこすりつけるのにも余分な力が必要となり、大変疲労させられます。しかも、消しゴム自体が相当にくたびれた様子をしていますから、それを使おうとする私は、まるで年をとったロバに鞭をくれて、無理矢理働かせようとしている悪人になった気持ちがします。

そういうわけで、私は小さくなった消しゴムを箱にしまって、新しいものを使うことに決めたのでした。

私は小説家ですから、消しゴムは必需品です。ほかの多くの人々よりも、たぶんずっとたくさんの消しゴムを、これまでに消費してきたと思います。

箱に入れた数十個のそれのうち、古いものは小学校時代にさかのぼります。学校の売店や、当時住んでいた家の近くの文房具屋で、選びに選んで買った消しゴムたちです。きれいな色のついたもの、甘い匂いのもの、寒天みたいに半透明なもの。

大人になってから使ったものは、もっとずっとシンプルです。たいていは白の無地ですが、なかにはたとえば友人からの旅行土産にいただいた、ミロという画家の描いた絵のついた消しゴムや、妹の買ってくれた、ものまねタレントの似顔絵のついた消しゴム、これなら長もちするだろうという理由で買い求めた、煙草の箱ほども大きな消しゴム、などもありました。

そのどれもが手垢にまみれて薄汚れ、小さく縮んであの箱のなかに収まっていたのです。

去年の春の、ある夜のことです。

一日分の仕事を終え、コーヒーカップを台所に持っていこうと立ち上がったとき、奇妙な音が聞こえました。かたかた、ぱたぱた、とかたん、ぺたかん。ほかには何の音もしない、しずかな真夜中の仕事部屋で、私は耳を澄まし、あたりを見まわしました。かたかた、ぱたぱた、がさがさ、とらことん、とるることん。

音は、小粒ながらどんどん強くなります。机の上には原稿用紙と鉛筆、吸い殻のたまった灰皿と辞書。それを、卓上スタンドのあかりが照らしていました。正面の壁には見馴れたしみとカレンダー。がたがた、ばたばた、どらごとん、どららばたん。いまや私にも、その音がすぐ左手の本棚の、上の方から聞こえてくることがわかりました。どらごとん、どららばたん。

私の本棚はとても大きくて、のびあがってもその上は見えません。そこには普段使わないもの——予備の原稿用紙とかファックス用紙とかインクとか、ワインのコルクを入れたガラスびんとか——が置いてあるはずです。どらごとん、どららばたん。

私は意を決し、音の正体をたしかめるべく、椅子に乗って、薄く埃のつもった棚の上をのぞき込みました。すると――。

音はあの箱のなかから聞こえてくるようでした。ふたに赤い千代紙の貼られた、みじめにちびた消しゴムたちの箱です。がたんばたん、ごとんばたん。音がするばかりか、箱全体が震えたり揺れたりしています。

驚きのあまり、私は身体をこわばらせました。息を呑み、まばたきもせずに見つめながら、何とか筋のとおった説明をみつけようと、懸命に思考をめぐらせました。なかにネズミでも入ったのかしら。ゴキブリが子供を百匹産んだとか?

そのあいだも音は激しさを増し、箱の震え方も耐え難いほどになり、あっ、と思った次の瞬間、ふたが弾かれたように持ち上がり、それはすぐに元に戻ったのですがまた持ち上がり、三度目にはとうとうずれた状態になってしまいました。

すくみあがり、声もだせずにいる私の目の前で、消しゴムが一つずつ、箱からできました。あるものは這いだし、あるものは飛びだし、あるものは転がりでてきました。次々に、ぞろぞろと、そしてころころと。

手も足もないのに、消しゴムたちは何とも器用に、また生き生きと、身体をくねらせたりしならせたりしながら動きまわります。薄く埃のつもった本棚の上を。

おもしろいことに、このとき私が感じたのは、恐怖よりむしろ懐かしさでした。使い終わった消しゴムを箱にしまうとき、すでに箱のなかにあるものを改めて眺めたりはしませんから、いちごの匂いのするピンクの消しゴムだの、ミロの描いた絵のついた消しゴムだの、図工の時間に使った細長い砂消しだの、を見るのは随分とひさしぶりでした。

大きさこそまちまちですが、消しゴムたちは例外なく使い古され、黒ずんで汚れて、角のないかたちになっていました。そのときどきの私の手が、握ったりこすったりして、そうなったものたち。ぱたぱたと、あるいはことことと、ぴたぴたと、それぞれの音をたてて、消しゴムはでてきました。

「さようなら」

私に一礼してそう言うと、本棚の上から床に降り——あるものは注意深く一段ずつ這い降り、あるものは思いきりよく飛び降りました——、ドアに向かって移動していきます。夜中の仕事部屋の床を、ちびた消しゴムたちが、ぞろぞろと、くねくねと。

「さようなら」

「お名残惜しう」

「お元気で」

大人のような声も、子供のような声も、男の声も女の声もあるようでした。一様にかぼそく、でも不健康ではない声です。

「さようなら」

「さようなら」

「さらばです」

高い声、低い声。不覚にも、私は胸がつまりました。まるいもの、四角いもの、私のよく憶えているもの、すっかり忘れていたもの。

「ドアをあけていただけますか」

先頭にいた、比較的大きな消しゴム——もとは煙草の箱くらい大きかった消しゴム——が、比較的大きな声で言いました。

「どうぞ、ドアをあけてください」

椅子から降り、乞われるままにそこへ行き、私はドアをあけました。そうしなくてはいけない気がしたのです。彼らがどこへ行くつもりなのかはわかりませんでしたが、どうしてもそこに行かなくてはならないのだろうということは、わかりました。

薄暗い廊下に、私の仕事部屋のあかりがこぼれました。そのなかを、消しゴムたちがぴょんぴょんくねくね移動していきます。彼らはあまりにも小さくて、黒い影のように見えました。ためらいもふり向きもせず前進し、階段を降りてゆきます。それぞれ身体をしならせて、一段ずつ、身投げするみたいにぽーんと跳ぶのです。

私はそれを、ただ立って見つめていました。手垢と埃と時間と記憶にまみれた、白やピンクや水色の消しゴムたち。

手をのばせば、つまみあげることも可能だったと思います。一つくらいつかまえてとっておけばよかったのに、と思われるかもしれません。でも、それはあのときその場にいなかった人の言葉です。断じて言いますが、あのときの消しゴムたちの様子を見たら、じゃまをすることなど考えもつかなかったでしょう。それどころか、もしもじゃまだてするものがあれば、私が相手になってやる、というくらいの気持ちになったはずです。

最後の消しゴムのあとに続いて、私も階段を降りました。消しゴムたちは、玄関のドアの前にかたまって立っていました。試合前の運動選手みたいに、その場で跳びはねたり屈伸したりしているものもあります。

私はふいに、喪失感に襲われました。行ってしまうのだ。私がこのドアをあけたら、彼らは行ってしまう。そして二度と戻ってはこない。

誰も、ドアをあけてくださいとは言いませんでした。言わなくても、彼らがそれを、いまや遅しと待っていることがわかりました。

彼らをうっかり蹴とばしてしまわないように、注意深く私は三和土《たたき》に降りました。ドアの把手を握ったとき、自分の手が震えていることに気づきました。とりかえしのつかないことをしようとしている。頭のなかのどこかで、そう感じていました。でも、同時に、もうあともどりはできないことも、私ははっきり知っていたのだと思います。

力を込め、ドアを大きくあけ放ちました。足元でざわめきと歓声、それに息をのむ音が聞こえました。

「ありがとう」

なかの一つが言い、おもてにでて行きました。

「さようなら」

「では行きます」

口々に言い、消しゴムたちは玄関からでて行きました。春とはいえ、夜気は湿って肌寒かった。

門をあけてやる必要はありませんでした。ちびた消しゴムである彼らは、門の下を軽々くぐり抜けていきます。月も星もない夜でした。空はただ不気味に黒々としており、地上のすべてのものを呑みこもうとしているかのように、低く静かに広がっています。

数十個の消しゴムたちはかたまって、家の前の道を左の方へ、まっすぐ進んでいきました。街路灯に照らされたその後ろ姿は、太っていたりやせていたりする、幼い子供たちみたいに見えました。ぞろぞろと、ぴょんぴょんと、歩道をただまっすぐに。

私の手元には、からっぽになったあの箱だけが残されました。からっぽのまま、いまも本棚の上に置いてあります。

これはほんとうの話です。そして、私と消しゴムたちの、秘密です。

（「飛ぶ教室」二〇〇五年春季号）

「飛ぶ教室」のこと

教科書をつくっている光村図書が、「飛ぶ教室」という雑誌をだしていた。いまは、もうない。*

私の小説を最初に活字にしてくれたのはこの雑誌だ。サブタイトルに「児童文学の冒険」と入った季刊誌で、常時投稿原稿を募集しており、審査員の眼鏡に適えばすぐに載せてくれた。

「桃子」というごく短いものを書き、投稿して旅行にでた。私は二十一歳で、無職で、アルバイトで多少のお金を貯めては旅にでることばかり考えていた。いきあたりばったりの旅で、お金がなくなればうちに帰った。

「桃子」の入選はローマで知った。テルミニ駅の地下の電話センター（?）のようなところから、コレクトコールで家族に無事をしらせる電話をしたときだ。

「飛ぶ教室」のすばらしいところは、海のものとも山のものともわからないその投稿者に、すぐに次の依頼をしてくれるところだった。まったく、太っ腹な雑誌だったと思う。

とはいえ季刊誌だったので、毎号書いても一年に四本で、毎号は書けなかったので、九本書くのに三、四年かかった。その九本が、『つめたいよるに』という短編集になった。

『つめたいよるに』は理論社から、柳生まち子さんの美しい絵の入った美しいかたちで出版されたので、非常に嬉しかった。

でも、原稿を書かせてくれるのはあいかわらず「飛ぶ教室」だけで、私はあいかわらずふらふらと、アルバイトをしたり旅をしたり見合いをしたりしていた。

アルバイトはどれもたのしかったが、どれも不向きだった。失敗談ばかりがふえて、しょっちゅうあやまっていた。

書くことは子供のころから好きだった。ほかのことよりは上手にできると思ってもいた。でも、私の場合ほかのことがことごとくできなすぎたので、それとくらべて上手でも、安易に自信を持つわけにはいかないのだった。

それでも、英語教室の講師や書店や八百屋の店員をして、見事に落ちこぼれていく日々のなかで、書くこと以外にできることはないのかもしれない、と、うすうすいぶかり始めてはいた。

見合いもそうだ。印象に残るのはその日に食べたものがおいしかったかそうでもなかったかくらいで、結婚？　この人と？　なぜ？　と思っていた。

『つめたいよるに』が一冊にまとまったのとおなじころ、「フェミナ」という、これもまたいまはなき雑誌に投稿したものが賞をいただき、それをきっかけに、いろいろなところから仕事をもらえるようになった。嬉しくて、どんどん書いた。「どんどん」は無論主観的な形容だけれど。

あれから十年になる。

「飛ぶ教室」にはほんとうに感謝している。あの雑誌がなかったら、私はいまもふらふらと、アルバイトと旅と見合いをくり返していたかもしれない。

（「小説トリッパー」一九九九年春季号）

＊「飛ぶ教室」は二〇〇五年に光村図書出版から復刊

パンのこと

パンは私の味方だ。昔からずっと、そう感じていた。安心な食べ物。素朴でもの静か。

子供のころ、パンはトースターではなく、電熱器で焼いていた。そのほうが、水分が逃げないのでおいしく焼ける。コイル状の電熱線と焼き網とのあいだに置く木の枠は、祖父の手製だった。新しいものが好きで手先が器用で、植木についた毛虫も平気で踏みつぶしてしまえる祖父が、私は大好きだった。

パンは、食べるというよりかじるという方がしっくりくる。みんなで食卓を囲んでも、パンというものは一人一人が、ひとりぼっちでかじる。ときに、ぼそぼそと。そこには何か、旅情に似たものがかみしめられる。外気に似たもの、さびしさに似たもの、意気地に似たもの。

私は自分を、お菓子よりもパンに似た女だと思う。

私にとって、パンはごはんよりずっと身近で、いまは、平均すると週に二度くらい食べる（ごはんは二週に一度くらい）。病気のときも、ごはんやおじやは入らないけれど、薄いトーストならすこし入る。この薄いトーストというのは素晴らしくて、香ばしく焼けた色と匂いに加えて四角四面な佇いも美しく、そのままでもバターをすこしつけても完璧な味がする。ジャムや、ハムや、チーズや、ハチミツや、きゅうりとよく合うだけじゃなく、アルコールに漬けたウニや、葉とうがらしの佃煮や、おみそしるともよく合う。

中学に入学したとき、学食に売っていたパンを見てどきどきした。知らないパンがたくさんあったからだ。牛乳パン（まるいコッペパンで、てっぺんに練乳風味の砂糖のアイシングがかかったもの）、カルゴ（平べったい、ややパイっぽいパンで渦をまいており、ピーナックリームと思われるものが表面を覆っていた）、そばパン（長ほそいコッペパンに、やきそばと紅しょうががはさまっている）、など、いまも憶えている。

すばらしくおいしい、とは思わないのに、ちょっと好き、と思わずにいられないパンがある。それはメロンパンと蒸しパンで、どちらも駄菓子的な風情とわびしさに惹かれる。チープだけど心のやさしい、かなしくて可愛い女、という気がする。

すばらしくおいしい、と思うのは、もちろんフランスパンだ。切ると皮がぱりぱりと音をたててすこし崩れ、中から湯気のでる焼きたては至福。その状態なら何もつけず、一本まるごと食べてしまえる。

そこまで熱くない場合でも、フランスパンは温かいうちに買って、その日のうちに食べてしまわなくてはいけない、というのが私と妹の掟だったので、一緒に住んでいたころは、よく深夜にビデオで映画を観ながら黙々と切って、黙々とバターをつけて、黙々と食べた。いつか、もしもまた妹と一緒に暮すことになったら、間違いなく私たちはおなじことをするだろう。

二番目に好きなのは黒パン。小さくて薄くてきっちりつまっていて、濃くて、酸味も穀物臭もしっかり強いやつ。バターか、セミハードのチーズと一緒に食べる。海外の食事でいちばん好きなのはドイツパンの食事で、ドイツに行くときは機内食さえ楽しみなのだ。

また、これは滅多にないことだけれど、木村屋の焼きカレーパンを買ったときは、朝からビールをのむことを、自分に許している。晴れた日の朝にしか食べないことに決めていて、そのせいか、ビールもからっと体内に収まる。

なにしろパンとバターが好きなので、カトラリーと呼ばれるもののなかで、バターナイフにだけ特別な愛着を感じている。ずっと昔、祖母が皿洗いをしていて私のバターナイフを排水溝に落としたことがある。柄にクロス模様のついたやつだった。私は心なくも大泣きして祖母の不注意を責めた。いまも反省している。

パン屋さんというのも特別な場所だ。旅先で、バーの次に探すのがパン屋だし、ビルの中ではなくてぜひとも路面店であってほしいと思うのも、バーとレストランと花屋と果物屋、それにパン屋だ。

最後に、フランスパンと黒パンについで好きなコッペパンのこと。コッペパンという言葉が、まず、いい。ぼそぼそして、うす甘くて、味わい深い。コッペパンには何もつけない。そのままちぎってかむ。すると、なんとなく、一人でも生きていかれる、というはすっぱな気持ちがする。

ジャムパンも、コッペパンの一種だろうと思われる。シンプルな楕円形で、なかに杏ジャムが入っている。私の母は、あんぱんやクリームパンにくらべてジャムパンを格下のように考えていて、軽蔑をこめてジャミパンと呼んだ。そこから、「ジャミパン」という短編小説を書いた。お菓子よりもパンに似た一人の女と、やっぱりお菓子よりパンに似た、一人の娘の話になった。

（「あとん」二〇〇四年十二月号）

食器棚の奥で

十三歳から十五歳。その日々について私が何を憶えているかというと、孤独だったことです。食器棚の奥の、使われていない食器みたいに孤独だった。

それで、もうそんなふうではないいま、何が言えるかというと、あれは必要な孤独だったのだということです。食器棚の奥でじっとしていたひんやりした時間、その仄暗さ。私はそこで私になったのだと思う。

大人が子どもに言いがちなことはたくさんあります。夢を持とうとか、何か一つでいいから打ち込めるものを見つけなさいとか、好奇心を持とうとか、友達をたくさんつくれとか。不要です、と、私は断言します。もちろんそれらを本当に持っているなら持っているでいいのですが、なくても全く大丈夫。

子供のころ、私は夢をもっていませんでしたし、打ち込めるものも好奇心もありませんでした。友達も、そうたくさんはいませんでした。では毎日何をしていたのかというと、ただ見ていた。他人を、世界を、自分とはつながりのないものとして、ただ見ていました。何しろ食器棚の奥の食器ですから、他にできることがなかったのです。

自分と自分以外のものがつながったとき、世界はいきなりひらけます。これは本当です。それまでは、だからじっとしていてもいいの。ただし目はちゃんとあけて、耳を澄ませて、体の感覚を鈍らせないように。雨がふったら誰より先に気づくように。猫の毛と犬の毛の手ざわりの差を知るように。岩塩と天日塩の味のちがいを歴然と知るように。

何もかも自分で感じること。

食器棚からでたときに、それが基礎体力になるのです。

（初出誌不明）

二〇〇九年の日記

十月十五日（木）

朝からきれいな快晴。ようやく涼しくなってきたことが嬉しく、放ったらかしだった庭の草とりをして、二時間お風呂に入る。でて、種なしピオーネをたくさんたべる。午後、仕事。ブエノスアイレスと所沢を行きつ戻りつする小説、進まず。五時間後、ちっとも書けていなかったので敗北感にまみれる。犬の散歩。遅い夕食の約束があり、約束の時間までにまだ間があったのだけれど、再び机に向う力がでなくて、友人がくれたＤＶＤ「あるいは裏切りという名の犬」を観る。すばらしくおもしろかったので、たちまち元気を取り戻す。滋養強壮に、おもしろい映画ほどいいものはない。力が湧き、人生や物語をいいものだと思える。書きかけの原稿もきっと書ける、という、無闇に高揚した気分のまま遅い夕食にでかけた。西麻布のインド料理店。小さな、静かな、気持ちのいい店。ひさしぶりだったのだけれど、店のおじいさんが元気で安心する。タンドリー・チキンとカレーと、野菜入りのヨーグルトをたべた。

十月十六日（金）

朝からきれいな快晴。二時間お風呂。でて、いちじくと種なしピオーネをたべる。午後、仕事。ブエノスアイレスと所沢を行きつ戻りつする小説、きのう予感したほどには進まず、でもすこし進む。志気を高めるためにまたべつのDVDを観たい欲求にかられるも、辛うじて思いとどまり、闘いを続行した。小説を書いているあいだじゅう、私は「闘っている」としか言いようのない気持ちでいるのだけれど、でも、何と？　それはほんとうに謎だ。

深夜になって今月分ができあがり、担当編集者にメイルで報告すると、すぐに返事をくれた。宅急便にしなくてもまだ間に合うそうなので、来週、お会いして渡すことになる。安心して眠った。

十月十七日（土）

曇りときどき雨。肌寒い、陰鬱な土曜日。二時間お風呂。でて、オレンジと種なしピオーネをたべる。ゆうべ遅くに犬が吐いたので、午後、念のために獣医さんに連れていく。信じられないほどエネルギーに満ちた、神様に祝福されているとしか思えない犬だったのに、彼は最近元気がない。両目とも失明している上に足腰が弱り、耳垂れもひどい。所定のトイレでちゃんと用を足すのだが、自分では「終った」と思ってもまだ終っていないということがままあって、床に水玉模様の道ができる。本人は気づいていないらしいので叱ることはできない。やさしい獣医さんに「年齢も年齢ですから仕方ないですね。この子はよくやっていますよ」と言ってもらって、いつものお薬をいただいて帰る。

雨の中、悲しい気持ちになりながら夫とスーパーマーケットに行き、食料を山のように買った。これ以上悲しい気持ちにならないように、帰ってひたすら料理に逃げ込む。塩茄で豚とか焼き魚とかきのこシチューとか、作りすぎてまとまりを欠いたメニューになってしまった。

十月十八日（日）

曇りときどき雨。二時間お風呂。でて、いちじくと種なしピオーネをたべる。あとは終日仕事をした。『WHEN STELLA WAS VERY, VERY SMALL』の翻訳、クリスマスにおすすめの本についての短文、など。

十月十九日（月）

快晴。二時間お風呂。でて、パパイヤと種なしピオーネをたべる。この秋、私は種なしピオーネばかりたべている。午後、仕事。毎日新聞の書評にとりかかるも、難行する。でも小説の場合と違って、敗北感にはまみれない。時間がかかっているだけ、という気持ち。夕方の犬の散歩のあと、ふいにビリヤードをしたくなり、編集者で、友人でもあるB嬢に電話をすると、快く勝負（B嬢はビリヤードが極端に上手いので、実際にはほとんど勝負にならないのだが）に応じてくれる。近所のビリヤード場で、一時間半、球を突いた。余分なことを考えずにすむので、頭が整理される気がする。B嬢と軽い夕食のあと、帰って書評の続きを書く。

十月二十日（火）

ぴかぴかの晴天。二時間お風呂。パパイヤとピオーネ。先に犬の散歩もしてから、神宮球場の軟式野球場に行く。「yom yom」の仕事で、私がスコアラーをしている草野球チームにコーチを迎える日。元阪神の中野佐資《さとる》さんによる、輝くばかりの指導に感銘を受け、無謀なまでの多幸感に襲われる。練習のあとも、中華料理屋さん、バー、と場所を移動して、みんなで遅くまでのんだ。見物に来ていた妹と、私たちを野球に連れて行き、スコアのつけ方も教えてくれた阪神ファンの父が、生きていたら一緒にのめたのにねえ、と言い合った。

十月二十一日（水）

曇天。二時間お風呂。種なしピオーネをたべてから仕事。夕方書評が書き上がり、ファックスして犬の散歩。大急ぎで仕度をし、恵比寿のウェスティンホテルのバーに行く。去年母が逝ったので、相続のことで税理士さんと司法書士さんに会う。税金や法律の話は厄介そうで不安なので、シャンパンをのんで自分を強めた。年若い二人の専門家にいろいろ説明してもらい、難しい部分は僕たちがしますから、と言ってもらって大いに安心する。二人が帰ったあとも、私だけそこに残ってもう一杯シャンパンをのんだ。父も母も逝ったなあと思う。夕方だった窓の外は、とっぷり暗くなっていた。

（「新潮」二〇一〇年三月号）

地味な小説

受賞はつねに嬉しいことですが、今回はふいうちだったのでとりわけ嬉しく、雪の最初のひとひらを、たまたま目撃できたときのような気持ちになりました。

言葉だけでどこまで書けるか試してみよう。そう考えて書き始めた小説でした。あらゆる小説は言葉でできているわけですから、これはそもそも妙な決心だったかもしれません。でも、小説を読むとき、人はそこにある言葉以外のものの影響を、知らないうちに受けている。そこにある言葉以外のもの、というのはたとえば一般論や常識や、自分の意見や経験、周囲の人の意見や経験、といったものたちです。勿論それらは大切なものですが、小説にとってはすこし窮屈かもしれなくて、それらに潤色されない場所で、小説を書いてみたかったのだと思います。

ナラティヴ、ということについて考えてみました。名詞ではなく、形容詞のナラ

ティヴです。辞書を引くと、

①物語体（風）の

例・A NARRATIVE POEM（物語詩）

②説話の、話術の

例・NARRATIVE SKILL（話術）

という二つの用例がのっていて、私は、うん、そう、ナラティヴに書いてみたいの、と思う一方で、はて、と戸惑いもしました。NARRATIVEというそのおなじ単語が、名詞でずばり「物語」の意であることも、辞書にのっていたからです。だとすると、ナラティヴな物語、という言い方はおかしいはずで、同様に、ナラティヴじゃない物語、も成立しないはずです。ナラティヴな小説、ならいいのだろうか。

私は、物を考えることがあまり得意ではありません。でもそのようにぐるぐると、考えをめぐらせました。

子供のころ、「桃太郎」でも「人魚姫」でも「かちかちやま」でも「幸福な王子」でもいいのですが、シンプルな言葉でわかりやすく語られた、あるいは書かれた、物語をそれこそごくごくのむみたいに読んで、実際には見たことすらないもの——鬼とか、下半身が魚で上半身が人間という生きものとか、北欧の空気とか、ルビーだったかサファイアだったかの目から流れ落ちる涙とか——をありありと見て感じた、あのような読み方をしてもらえる小説が、書けたらどんなにいいだろう。

　わかりやすいことはいけないことなのだろうか、という疑問が随分以前から私のなかにあって、それが、わかりにくい方が文学的なのだろうか、というある種の憤慨となって、エネルギーをくれたようにも思います。

　私は普段、新聞も週刊誌も読まないので、二度目の週刊誌連載は、依然として新鮮な経験でした。自由に書いていいですよ、と言って下さった、編集部のかたたちに感謝します。全然綿密ではない、でも作者にとっては必要だった何度かの取材に始まって、本ができるまでには多くのかたたちに助けられました。我関せずの、ジョーンズさんと美弥子さん（きっと、それどころではなかったのでしょう）にも。

　表紙の絵とは、連載中に上野の西洋美術館で偶然出合いました。私がこの小説で*書こうとしていることを、ゴヤはとっくに、描いていたのだ、と思いました。すぐに担当編集者に連絡し、幾つもの美術館のかたの尽力を経て、表紙に印刷させていただくことができました。不穏な、美しい版画です。

そういったすべての結果として、地味な小説が書けたと思っています。ストーリーは古典的（ヒトヅマがヨロメク）ですし、結末にどんでん返しがあったりもしません。流れるところに流れつく話です。

そういう小説が賞をいただいたことが、嬉しいです。

（「婦人公論」二〇一〇年十月二十二日号）

＊『真昼なのに昏い部屋』二〇一〇年、講談社刊

運ばれてくるもの

かつては手紙魔だったのに、めっきり手紙を書かなくなってしまった。だからいま、私は反省文を書く人のような心持ちがしている。

手紙には、でも思い出がたくさんある。一緒に住んでいたにもかかわらず、妹にあてて毎日のように書いていた手紙、小学生のとき、初めて家を離れて眠る林間学校の宿泊先に、先まわりして届いていた父からの葉書き（それはたった一泊の旅だったのに）。旅先から友人たちへ日記みたいに綴った手紙、思いだすのがおそろしい、恋人にあてた手紙。何年も会っていない友人たちからふいに届く、一気に時間をとびこえてきた気がする手紙。思いがけない、あるいは待ちに待った、嬉しい手紙たち。敬愛する石井桃子さんからいただいたお手紙は、額装していまも仕事部屋に飾ってある。

手紙には、憶えていない思い出もある。奇妙に聞こえるだろうか。それはたとえば、こんな文面の葉書きだ。

「けさの、あさひしんぶんに、かおりと、からだも、かおも、そっくりな、おんなのこの、しゃしんが、でてたので、おばあちゃまと、なんども、みて、わらったよ。かおりも、そのしんぶんをだして。パパとママと三にんで、わらいなさい」

これで全文。消印は昭和四十三年二月。すでに八十歳を過ぎていた祖父が「かおり」にあてて、ひらがなのみ（三だけうっかりしたらしい）でこれを書いてくれたとき、「かおり」は四歳間近だったはずだ。「かおり」である私は、この葉書きをもらったことも、読んだ（あるいは読んでもらった）ことも憶えていない。切手が七円の、紙が焼けて茶色くなった、万年筆の文字がすこしふるえた、葉書きがでもたしかに手元にある。そして、私は、この記憶にない思い出に、たしかに支えられている。すべての手紙は贈り物なのだ。

私は機械が苦手なのだけれど、機械が苦手だから言うわけじゃなく、携帯電話やパソコン上の通信文と、手紙は全然べつなものだ。どちらかがいいとかわるいとかではない。比較することに意味がないくらい、単純にちがうものだ。

だって、手紙は物体である。紙でありインクであり、のりであり切手であり、書いた人の気配でもある。匂いがあり手ざわりがあるということ、それが運ばれてくるということ。消印を押されて、何人もの知らない人の手を経て、電車や自動車や船や飛行機に積まれて、また降ろされて、雨や雪に濡れたりもして。

たとえおなじ文面でも、機械に閉じ込められた言葉と、紙の上に人の手によって書かれた言葉とでは生気の放ち方がちがう。

手紙のなかには一通ずつべつな時間が流れているのだと、私は思う。

（「家庭画報」二〇一三年六月号）

透明な箱、ひとりだけでする冒険

文字には質量があり、文字を書くと、その質量分の小さな穴が、私にあく。こんにちは、とたとえば私が書いたとすると、こんにちは、という五文字分の穴が私にあいて、それまで閉じていた私の内側が、外の世界とつながる。冬になりました、と、たとえばいま時分なら私は手紙に書くかもしれないが、そうすると、それまで私の内側にだけ存在していた私の冬が、外側の冬とつながる。書くことは、自分をすこしだけこぼすことだ、文字のあけた小さな穴から。

曇り空です、と、もしそれが手紙なら、私は続けて書くだろう。風が強く、今朝ゴミをだしたとき、ゴミ容器のふたが飛んで行ってしまうのではないかと心配でした、と書くかもしれないし(そうなれば、我家のゴミ容器にシオナという名がついていることや、それが、三十年近く前にイギリスで出会った女性に由来する名前であること、当時、彼女がボーイフレンドへのクリスマスプレゼントとして、アヒル形のバスタブの栓を買ったことにも言及せざるを得ないかもしれず）、あるいはまた、私はさっき遅い朝食として、わかめをゴマ油で炒めたものをたべました、と書くかもしれない（ほんとうは、その他にオレンジ一個とはちみつ入りのヨーグルトもたべたのだが、全部書くよりわかめだけ書いた方が、冬の台所の気配が伝わるだろう）が、いずれにしても、相手がその手紙を読むのはきょうではないわけで、その日は曇り空でもなければ風が強くもなく、私の住む区域のゴミの収集日でもなく、私の朝食はトーストだったりりんごだったりするのかもしれない。それでも紙の上にあるのは紛れもないきょうで、書くことは、すこしだけ時間を止めることだ。止められた時間は、そこにとどまり続ける。

手紙でも小説でも、文章を書くとき、私は自分の頭が透明な箱になっているように思う。そこは言葉がなければ空っぽなのだが、冬、と書けばたちまち雪景色になり、わかめ、と書けば、たちまちみずみずしい半透明の緑色の海草でいっぱいになる。だから文字のあける穴が必要で、日々箱に去来するたくさんのものを、たぶん人は昔から、文字を通して外側とつなげてきたのだろう。ほんのすこし時間を止めて、とどめおけないはずのものをとどめおこうとして。

書くことは、一人だけでする冒険だと思う。

（ＰＩＬＯＴ「〝書く〟ということ」「週刊新潮」二〇一六年十二月十五日号）

神秘のヴェール

寂聴さんが出家されたとき、私はまだ子供だったが、

「大変だ！　瀬戸内さんが得度されるらしい」

「ええーッ？」

という父と母の会話を聞いて、何かとても決定的な、尋常ならざることが起きたのだと感じたことは、よく憶えている。トクド、という言葉を耳にした、それが最初だったことも。

セトウチさんがトクドする。私の頭のなかでは、あの日、おそらくカタカナで、そういう認識になったはずだ。

セトウチさんというのが瀬戸内晴美さんのことで、作家だというのは知っていた。編集者をしていた父が担当だったからで、実際、その名前は家のなかでしょっちゅ

う聞いていた。赤ん坊のころの私が眠ったベビーベッドも、五、六歳のころの私が写真のなかで着ている上等な子供服（パリ製）も、そのかたからの贈り物だと聞かされていた。でも、私にとってその名前は、父と母の会話のなかにだけ現れる、ミステリアスな存在だった。

　女流作家、という言葉のせいだったかもしれない。女性の小説家は、当時みんな女流作家と呼ばれていた。そして、その言葉には、なんとなくおそろしいものの匂いがした。〝性〟とか〝業〟とか〝運命〟といった言葉の持つ、ある種の避けられなさとおなじ空気がそこにはあり、まだ九歳か十歳だった私も、それを察知していた。多くの職業のように選んでなるものではなく、何かその人の本質によって、そうならざるを得ずになるもの、という印象を、私は女流作家というものに対して抱いていた。ミステリアスだ。なぜそうなってしまうのか、どういう人がそうなってしまうのか、わからなかった。

　そこへ持ってきて、今度はトクドである。トクドとは何か。両親に訊いても、子供は心配しなくてもいいの、的にするりとかわされ、辞書に載っている程度のことしか教えてもらえなかった。仏門に入り、世俗を捨てること——。これもまた大きな謎だった。尼僧、シスター、聖職者。ごちゃごちゃに混ぜて思い浮かべ、〝女流作家〟とのイメージの差に愕然とした。

二十歳のとき、はじめてご本人にお目にかかった。初夏で、寂庵の向いの水田の緑が、美しく風に揺れていた。寂聴さんはにこにこしていた。小さくて、肌の色がとても白く、夕方になると身軽にホタルをつかまえて、袂に入れて光らせてみせてくれた。ほんとうに、少女みたいだった。その晩、私は鮎をご馳走になった。塩焼きの鮎が何匹も何匹も何匹も運ばれ、こんなにたくさんの鮎を一度にたべることは、きっとこの先二度とないだろうと思った（いまもそう思う）。そして、読むことと書くことが好きではあったが、自分が小説家になるとは思っていなかった私に、少女のような寂聴さんが、「物を書くにはストリップする度胸が必要なのよ」とおっしゃった。ぞくりとする言葉だ。でも、ぼんやりした、要領を得ない娘だった私は、その言葉を記憶してはいるが深く心に刻むことはせず、稲穂の緑とホタル、滋味深い鮎の味ばかりを全身に刻んで家に帰った。

二十四歳のとき、フェミナ賞という賞をいただいた。受賞は嬉しかったが、そのときもまだ、書くことは私にとって趣味であるつもりだった。授賞式の日に、選考委員のお一人だった寂聴さんに、「書くことは片手間でできることではないのよ」と言われた。「行李いっぱいに書きためてスタートしなさい」とも。

あれから三十年近くたつ。気がつけば私は、どういう人がそれになってしまうのかと訝っていた、女流作家というものになっている。最近は滅多にそういう呼ばれかたをしないが、それでも、私は自分を自分でそれだと思う。

かつて神秘のヴェールの向うにいた〝セトウチさん〟が、ではこれで身近になったかといえばそんなことはなく、不思議なことに、お会いすればするほど、謎が深まる。作家としての強さにも、人としての凛々しさにも、女性としての可憐さにも、何度でも驚かされる。

すこし前に雑誌を見ていたら、「謙虚な九十四歳」というタイトルの、寂聴さんの文章が載っていた。そこに、「ただ小説だけは家を飛び出して以来一日も忘れず、ひたすら片思いの切なさを背負いつづけて、それでも非情なその背にしがみついて生きてきた」とあるのを読んで、打ちのめされた。なんて遠い道のりだろう。

おなじエッセイのなかに、「ワープロの機械はいち早く買っているが、一行打てるように練習する閑に何十枚もペンで書けてしまうので、習う時間が惜しくて機械は埃をかぶったままである」という一文もあり、これにも、またべつの意味で打ちのめされた。何十枚もペンでって、すごすぎます。こんなことを両方、さらりと書けるようになるまでに、一体何をくぐりぬけなければならなかったのか、は、依然として、やっぱり、神秘のヴェールの向うなのだ。

（『瀬戸内寂聴　いのちよみがえるとき』二〇一七年三月、ＮＨＫ出版）

II　読むこと

読書ノート

世のなかの、善いもの、美しいものがすべて書きつけられている本を一冊だけ知っている。しずかで質素で清らかな本だ。しかも、深い絶望にみちている。『プラテーロとわたし』(ヒメネス作、伊藤武好・伊藤百合子訳/理論社)を読むたびに、だから私は心から楽になる。安心して生きて、安心して死ねばいいのだ、と、思えるのだ。

ここには「夕暮れのあそび」も「イチジク」も、「自由」も「恋びと」も「子どもと水」も、「パン」も「友情」も「裏庭の木」もある。「井戸」も「アンズの実」も「夏」も「小川」も、「日曜日」も「あらし」も「ブドウのとり入れ」もある。「月」もあるし「よろこび」もある。「幼い女の子」も「十月の午後」も、「古い墓地」も「おどろき」も「清らかな夜」も。「子をうんだめす犬」もいれば「逃げた雄牛」もいて、「白いめす馬」もいれば「年老いたロバ」もいる。「きちがい」も「白痴の子」も「肺病の娘」もいる。「鐘楼」もあれば「死」もあって、つまり、なにもかもがあるのだ。

私はよく、絵がかけたらいいなと思う。絵は、ただそこにあるだけのものを、ただそこにあるだけの風に描ける。文章ではそうはいかない。

たとえば、一つの風景を描写するとき、はじの方に花が咲いているとして、それはほんとに目立たない小さな花で、たいていの人は見のがしてしまうくらいひっそりしているのだけれど、でも神々しいくらいまっ白で可憐な花だったとする。文章で描写すると、それを読んだ誰もがその花に気をとられてしまう。一瞬ではあるけれど、花にぴしりと焦点があってしまう。神々しいくらいまっ白で可憐な花、などと書いたらまるで何か特別な花のような感じになってしまうのだ。

絵ならちがう。ささやかなものをささやかなままとじこめられる。そのことの清潔さに、私はときどきとてもこがれる。

ただそこにあるだけ。

『プラテーロとわたし』は、私の知る限り唯一、それを文章でやってしまった本なのだ。拡大も縮小もしないまま、濃縮も希釈もしないまま、世のなかの、善いもの、美しいものがすべて書きつけられている。

それは、しずかに心を放した人の視線だ。絶望と孤独をひっそりうけいれた人だけが持つ、水のように透明で淡々とした視線。

それにしても、ロバというのはこの本の主役として完璧な動物だ。無欲でやさしくて清らかで、健全に疲労していて少し哀しい。なにかの象徴としてのロバではなくて、あくまでも具象としてのロバ。

私もロバを一頭持っていたらいいなと思う。ロバと裏庭とイチジクの木と、散歩をするための道と休憩をするための丘、それから小さなつめたい泉。そうしたら小説を書いたりせずに、「無限で、平和で、はかりしれない」夕暮れの世界で、心やすらかに寝起きする。私は善いものが好きだ。

（「文學界」一九九六年一月号）

模索と判断——私の人生を変えたこの小説

人生を変えてしまうような危険な本には、できる限り近づかないように気をつけている。

でも、それでいて私の人生というのは実になんとも頼りなく、歌謡曲の歌詞からビスケットの箱に書かれた宣伝文句まで、およそありとあらゆる文章に反応し、変ったりかきまぜられたりするのだから困る。

そんなふうなので、いままでに読んだすべての本に、私の人生はねじ曲げられてきた、といえる。ねじ曲げられるのは嫌いではない。

『プラテーロとわたし』(ヒメネス作/理論社)は、とても美しい本だ。子供の時分に世界に対して抱いていた畏怖——人生は模索の連続で、そのたびに正しい判断を要求されるのだと思いこんでいた私は、模索と判断のきわめて苦手な子供だったので、人生というものを怖れていた――を払拭してくれた。

世界は私になにも要求していない。

そう思ったときの自由と幸福。正しい判断などというものははじめから無いのだ。世界はこんなにも調和していて美しく、私はただそこにいればいいのだ。なんのことはない、私をますます模索と判断から遠ざけた本だ。


（「小説新潮」一九九七年九月号）

自由

（一）沢木耕太郎著『天涯　第一　鳥は舞い光は流れ』（スイッチ・パブリッシング）
（二）T・カポーティ著『ティファニーで朝食を』（龍口直太郎訳／新潮文庫）
（三）井口真吾作『Zちゃん―かべのあな―』（ビリケン出版）
（四）J・アーヴィング著『ホテル・ニューハンプシャー』上・下巻（中野圭二訳／新潮文庫）
（五）夏目漱石著『虞美人草』（角川文庫クラシックスほか）

十代のころ、私が憧れていたのはなんといっても「自由」だ。やみくもに憧れ、そのためならなんでもすると思っていたが、でも無論、なにをすればいいのかわからなかった。どこにいけばそれが手に入るのか、どうしてそんなに欲しいのか、それどころか、自由というのが実際なんのことなのか、さえ、ちっともわかっていなかった。

わからなくても、必要だったのだと思う。自由が、ではなく、自由に憧れることが。

私は怠慢で消極的な子供だったが、自由に関してだけはおそろしく意欲的というか野心に満ちていた。いつか絶対それを手に入れたいと思っていた。で、気がつくと自由な場所にいた。なにかを手に入れたわけじゃない。そもそもはじめからそこにいたのだ。人は自由になるのではなく、自由なのだ。むしろ、自由からは逃げられない。

たいていの人は努力して不自由をみつけ、そこに安心を感じたり、たまにハメをはずして自由を謳歌したり、都合にあわせてやりくりしているのだ。

自由はいつもそこにある。私の個人的な感じでは、それは荒野に似ている。

というわけで、「自由」をめぐる五冊。

（一）は美しくさびしいたくさんの写真と、清潔で胸を打つ短い文章でできている。

いまここにいるということの自由。いまべつの場所にはいないということ、でもべつの場所はいま存在しているということ。きのうどこにいて、あしたどこにいるのかということ。説明されたり教えられたりするのではなく、感じられるはずだ。

(二)は映画で有名だけれども、カポーティは読みごたえのある作家なので読んでみてほしい。「自由」を求めた女の、自由と不自由のパラドクスをビタースイートに描いた中編。

(三)は、たっぷりと豊かで歯ぎれのいい絵本。なにもかもある「ねずみのあな」と、「いちばんほしいもの」をめぐる物語。

(四)は、とかく不自由なものとして描かれがちな「家族」をあつかって、骨太に自由な長編小説で、勇気がでる。

(五)は『こころ』や『坊っちゃん』を読んで、漱石を退屈だと思った人にとくにおすすめ。

(「朝日新聞」一九九九年八月二十八日)

マーガレット・ワイズ・ブラウンのこと

むずかしいことを簡単なことのようにみせる、というのはとてもアメリカ的なことだ。マーガレット・ワイズ・ブラウンは、とてもアメリカ的な作家だと思う。そして、もし彼女の絵本をアメリカ的というなら、アメリカはなんてシャープな、なんて健全な、そしてなんて洗練された国だろう。

『おやすみなさいのほん』『THE NOISY BOOK』『THE IMPORTANT BOOK』『おやすみなさいおつきさま』『ぼくにげちゃうよ』『せんろはつづくよ』……。どの一冊をとっても特別な、GLORIOUSといいたいような絵本たち。

たとえば『THE IMPORTANT BOOK』（一九四九年）はこんなふうに始まる。

The important thing

about a spoon is
that you eat with it.
It's like a little shovel,
You hold it in your hand,
You can put it in your mouth,
It isn't flat,
It's hollow,
And it spoons things up.
But the important thing
about a spoon is
that you eat with it.

つぎの頁にはデイジーの、そのつぎの頁には雨の、草の、雪の、りんごの、一体何が大切か、が、美しくおっとりと、でもびっくりするほど本質的に綴られていく。「本質的」というのはマーガレット・ワイズ・ブラウンの特徴の一つだ。この一冊に限らず、彼女はいつも、あらゆる物事——たとえば夜、たとえば列車、たとえば犬、たとえば母と子——のいちばん大切な点について、はっきり知って（あるいは決めて）文章を作っている。きっとそれが大事なのだ、と私は思う。

私はマーガレット・ワイズ・ブラウンの仕事について、強い尊敬と憧れを持っている。だから全面肯定です。彼女は四十二年の生涯に約百冊もの絵本のテキストを書いているわけで、私が知っているのはそのごく一部なのだけれど、知っているものだけで十分、ではなくて、知らないものをも含めて、全面肯定。だって、誰かを好きだというのはそういうことだもの。

このあいだ、『BIG RED BARN』（マーガレット・ワイズ・ブラウン文、フェリシア・ボンド絵）という絵本を訳した。ワイズ・ブラウンの、豊かで簡潔な、そして控え目に詩を含んだ英語を、日本語にする作業は心愉しかった。

私は彼女の「言葉の扱い方」に憧れている。絵本は絵によって構成されている、という単純な事実と、文章は言葉によって構成されている、という単純な事実。

彼女の言葉は湧き水のよう。小さくて勢いのいい、天然の湧き水。やわらかな土の下深い場所のつめたさと、かぐわしくあたたかなお日さまのひかりを、どちらもくぐりぬけて身の内にたくわえ、跳ねたり零れたりしつつ、たのしそうに湧き流れる水。

しかも、一つ一つの言葉の色や匂いや手触りが、完璧に計算されている。

いちばんすごいのは、彼女が子供のための視点を備えていたこと。子供の視点などではなく、子供のための姿勢でもなく、子供のための視点。たぶん。

その結果、やわらかな言葉と簡潔な表現、そして豊かな世界観に裏づけられた、ああいう絵本たちが生まれたのだろう。ジャン・シャロー、クレメント・ハード、レナード・ワイスガード。画家たちがまた、途方もない顔ぶれ、もう、いやんなっちゃう。

マーガレット・ワイズ・ブラウンの絵本が一冊ずつ全部、この上なくふさわしい画家との共作である、ということを、「幸運な出会い」とか「絵本の黄金期」とかのせいにして語ることもできるだろうし、画家と作家の「方法論」として語ることもきっと可能なのだろうけれど、でも、いちばん大切なのは、いま、ここに、ただひたすらいい、としか言いようのない何冊かの絵本が存在しているということ。それを読めるということ。何度でもそこにいかれるということ。私たちがそれを、わたしの本、にできること。

（「ＭＯＥ」二〇〇一年九月号、改題）

奇妙な場所

邦枝と和子と美々子は、他人の目にはおそらくおなじくらい年をとった三人の女に見えるだろう。年齢は、邦枝が六十九、和子が五十二、美々子が五十だった。若い頃からあまり化粧をしなかった邦枝は、化粧をせずとも白く丈夫な肌が自慢で、背が高く痩せ型である上に姿勢がいいので、実年齢よりずっと若く見える。逆に和子はやや老けて見えた。黒いオーバーコートに黒い手袋、黒いブーツ、という全身黒ずくめの恰好は、その方がすこし痩せて見えるかもしれないという浅はかな考えが殆ど癖になってのことだったが、功を奏していなかった。美々子はといえば、かつてステュワーデスをしていたという経歴をしのばせる華やかな外見ではあるが、いかんせん化粧も服装も派手すぎて、やや妖怪じみており、年齢不詳だが若くないことはあきらかにわかった。そういうわけで、三人はおなじような年恰好に見えた。

中年女性の中でも年上の部類、といったところだろう。

三人が会うのはひさしぶりのことだった。待ち合わせは例年どおり、駅をでて右へ階段を下りた交番の前、だった。邦枝はバスで、和子は電車で、美々子はタクシーでそこにやってきた。曇った、寒い日の正午だった。

「いやんなっちゃうわね。雪が降りそうじゃないの」

挨拶がわりに、邦枝はそう言ってムートンコートの衿をかき合わせた。

馴染みのフランス料理屋で昼食をとる。一年に一度の、三人の約束事だ。民家を改造したこの小さな店に、かつては三人ともよく来たものだったが、料理人も従業員も、その頃とはすっかり変ってしまっている。

「えっ」

最近耳の遠くなり始めた邦枝は、料理の説明をするウェイトレスの声が聞きとれず、二度訊き返した。メニューは手元にあるのだし、形式的な説明など聞き流せばいいと考える人々もいるかもしれないが、この女たちは絶対にそれができない性質だった。

「いまこの人何て言ったの？」

邦枝が訊き、

「ママ、そんな言い方しちゃ感じが悪いわ」

と和子がたしなめる。

「だって、説明がわからなくちゃ注文の仕様がないでしょう？」

そのとおりだわ、ときっぱり言うのは美々子で、美々子が説明をくり返す役をする。困るのは三人が揃って笑い上戸である点で、いまのやりとりのあいだも、三人にとっては状況そのものが滑稽で可笑しく、揃ってくすくす笑っていた。

「だめよ、笑ったりしちゃ。どうして笑うの」

そう言いながら、和子も笑っている。

「いえね、あなたを笑ってる訳じゃないのよ」

邦枝がウェイトレスに言う。ウェイトレスにしてみれば当然訳がわからず、不機嫌に、ただ立っているよりないのだった。

「世間で中年女が嫌われるのも道理ね」

「ほんとにそうね」

なおも笑いながら、三人はしゃあしゃあと言うのだった。

食事をしながら彼女たちが話すことといえば、「パパが生きていたころ」のことと、「最近の奇妙なこと」の二つだ。パパとは二十年も前に他界した邦枝の夫であり、和子と美々子の父親である。奇妙なこと、とは世の中の人間のふるまいおよび言葉遣いで、三人はそれに多大な関心を持っている。傍観者としての関心だ。

「こないだK駅でね」

たとえば和子はそう報告する。

「女子学生が二人で階段を降りながら、『電車早く来ないかな』『あ、こっち方面来るっぺー』って言ってたの」

「来るっぺー？　それ方言なの？」

美々子が眉を持ち上げて訊いた。

「そう思うでしょ。それが違うのよ。『来るっぽい』っていうことなのよ、おそらくね、前後から考えると」

「へええ、驚くわね。最近はそんなふうに言うの？」

「あきれるわね」

「あきれるでしょ」

三人は口々に言う。そもそも彼女たちは世の中を「奇妙な場所」だと考えていた。しかもそれは年々奇妙になっていく。邦枝にとっては夫の死から始まったことだった。和子と美々子にとっては、いつからともなく始まったことだった。いずれにしても、三人にとって、世の中はもはや自分たちの理解のおよばないものに思える。和子は会社に勤めているし、美々子は自宅で英語教室をひらいている。和子には夫がいるし、美々子は独身だが男と一緒に暮らしている。しかし、それらは自分と世の中との距離を、広げこそすれ縮めてはくれない。

食事がすみ、和子と美々子が二人で会計をした。

「さて。用意はいい？」

邦枝が母親らしく先頭に立ち、店をでると三人は気をひきしめて、いよいよスーパーマーケットに乗り込む。

暮れの買物、というのがこの日の名目なのだ。三人は決して吝嗇《けち》ではなかったが、普段は節約を心掛けている。ただし一年に一度の、この日だけは例外なのだった。

かつてこの行事につきあわされた和子の夫は、三人の猛烈さに恐れをなして二度と参加しなくなった。そのとき夫が和子に言った言葉、「きみたちはまるでモンスターだ」は、三人のあいだで未だに語り草になっているのだが、彼を責めることはできないだろう。

なにしろ三人は「お正月だと思うと気分が高揚し」「こせこせしたくないし」「しばらくお店が閉まっちゃうから何か足りないものがあると大変だし」「なんだか嬉しくなっちゃって」「自分でも何をカートに入れたんだかわからなくなる」ほど買物をするのだ。しかもはしゃいでいてよく笑うので人目をひく。いちばんたくさん買うのは青物と果物だ。それは「豊かな気持ちになるから」だし「肉類はこの歳になるともうあまり食べたくないから」で、しかし「たんぱく質は大事だから」無論肉や魚も買う。「冷凍しておけるから」幾つも。パンと卵と牛乳は必需品だし、普段食べないチーズやチョコレートもふいに欲しくなる。きれいな柄の紙ナフキンも。一人が一つずつ押すカートはたちまち一杯になる。

毎年のことながら和子と美々子が驚くのは、混雑した店内での邦枝の瞠目すべき敏捷さで、ほんの一瞬目を離すと、二人共母親を見失ってしまう。やがて戻って来る邦枝は、たとえば缶入りのキャンディを六つも持ち、これは買っておきなさい、と根拠のない自信にみちて言いながら、娘たちのカートに勝手にそれを放り込むのだ。和子と美々子は笑いだしてしまう。

そうかと思えば美々子が通路にしゃがみ込み、食器洗い洗剤の表示を熱心に読んで五分も動かなかったりする。その姿を見て、邦枝と和子はまた笑う。

そうやって、彼女たちは買物をする。二時間もかけて。賑やかに。ほとんど、力の限り。

おもてにでると、日はとっぷり暮れている。

「いやだ。暗くなっちゃったじゃないの」

邦枝が言い、約束があるかのように腕時計を見る。ずっと昔に、夫に贈られた腕時計を。

「ああ笑った。おもしろかった」

和子と美々子は口々に言い、「荷物が多くて他にどうしようもない」のでタクシー乗り場にならぶ。

「いい一日だったわね」

「いい一年だったわね」

「来年もまた、愉しく暮らしましょうね」

他人の目にはおそらくおなじくらい年をとって見える、モンスターじみた三人の女たちは、それぞれ別のタクシーに乗り、別の場所に帰っていく。山のような食料を抱えて。世の中というこの奇妙な場所で、新しい年をまた一年生きのびるために。

（新潮社「お年玉小説。」「週刊新潮」二〇〇三年一月十六日号）

川上さんへの手紙

川上弘美様

お元気ですか。お正月にお会いして以来ですね。そのときも、その前の吉祥寺でも、そのまた前の新宿でも、私は酔眼朦朧もしくはへべれけ、よっぽどよくて千鳥足でしたが、川上さんが「ふわりと」以上に酔うところは見たことがありません。川上さんの体にはお酒専用の内臓があって、それはたぶん暗くてひんやりした洞窟状の場所なのですが、摂取した酒類はすべてそこに、図書室の本のような静かさですうっと収まってしまうのではないでしょうか。それらは互いにまざり合うことはせず、いろんな色の小さな海のようになって、川上さんと共に生きているのではないかしら。お酒に限らず、川上さんは見たり聞いたり食べたりのんだりしたものをすべて、消化するかわりに身内にひそませて、それらと愉しく共存しちゃう気がします。だから物を書くときに、唐突にして自然、というあり得べからざるありようで、混沌がさらさらと行進してくるのだと思う。

あの混沌、ある種のびやかで秩序立った、あの不可思議な混沌は、文字になったときすでに川上弘美の指であり爪であり吐息であるみたいに思えます。

どうしてる？　毎日暑いですね。

私はこのあいだ蛇を踏みました。うふふ。ほんとは蛇じゃなく、踏んだのでもなく、なめくじをね、手でとったの。三匹。しかもどういうわけか溶けかけていて、乳酸菌飲料みたいな色で光ってて哀しく美しかったです。うちの犬が道端の草を食べていてふいに動きを止め、困惑しきった顔でふり返ったの。うちの犬は散歩中に私をふり返ることなんて滅多にないの。それなのにふり返って、どうしよう、という顔をしました。口のまわりが濡れて光っていて、なめくじが三匹毛にからまってくっついていた。犬の目が見えなくなったことは前に言いましたっけ。一体どうして何匹ものなめくじがそこで溶けかけていたのかわかりませんけれど、犬にしてみれば見えなくてそこに顔をつっこんでしまい、たぶんすこし食べてもしまったわけで、ほんとうにびっくりしたようでした。私も衝撃を受けましたが、ともかく犬が困っていたのでなめくじたちを大慌てで手でとってやり、でもそれはなにしろ溶けかけて哀しく光っていましたから、どうしていいかわからず、持って帰って水に放とう、と、根拠は不明ですが遮二無二思いました。いそいでまっすぐ帰ったのですが、手をひらいてみると、そこになめくじはいませんでした。ただ、私の手と手首が光ってたの。なめくじを吸収してしまった。そう思ったら十日くらい茫然としました。川上さんは、生き物を皮膚から吸収したこと、ある？

そうそう、今度お会いしたら話そうと思っていたのですが、随分前に教えていただいた、J・ティプトリー・ジュニアの『愛はさだめ、さだめは死』を読みました。おもしろかった！　破壊的！　そして詩的でした。私がSFを嫌いなのはつまらないからで、それは結局理に落ちてしまうからだ、と主張したとき、すぐにこれをすすめてくれた川上さんの読書歴の耕され具合に、あらためて敬服しています。『愛はさだめ、さだめは死』は短編集ですが、どれもおもしろかった（それにしてもこの人は題をつけるのが上手ね。川上さんも上手だけど。そして私もちょっとは上手だけど）。「なんにむかってどんなさよならをいうか」とか、「わたしはとても、とてもイエスの気分です！　もっといろいろ土着的のことをしましょう」とか、「ごーめ。ブタっぽいこといっちゃって」とか、そこここに可笑しくて清潔で絶望的な言葉が出現することにもおどろきました。ワイルドで危険な本だねえ。

またお酒のみましょう。男の人の話などもしましょう。そういうときに川上さんが片手を握りこぶしにして、長い髪をゆらりとさせて頭を傾け、目をつぶって「くーっ」と言う、あの「くーっ」が聞きたいです。

（「ユリイカ」二〇〇三年九月号）

絵本の力

絵本になんの力もないとしても、私は絵本が好きですが、困ったことに、絵本には力があります。私にとって、絵本の魅力と絵本の力はイクォールじゃありません。力はあくまでも結果なの。

でもともかく、いい絵本には力があるので、一冊読むごとに、心が丈夫になってしまいます。

私は庇護されたがりで、「守ってあげたくなるタイプ」に憧れていますから、心が丈夫になったりしたら、困るのです。でも、どんどん丈夫になってしまう。そんなに困るなら、もう絵本を読まなければいいじゃないか、と言われるかもしれません。でもそうはいかなくて、それは絵本の魅力ゆえです。

危険です。おいしい（魅力）けどカロリーが高い（力）お菓子と一緒。

絵本は、一冊ごとに独立した王国のようなもので、つねに完成されています。それを読むということは、読まなければみたこともきいたこともないであろうその王国を、体の中に所有してしまうということです。いい絵本をたくさん読んだりしたら、そりゃあ豊かに丈夫になってしまう。おそろしいことです。

（「ＭＯＥ」二〇〇五年七月号、改題）

あのひそやかな気配　本たちのつくる陰翳の深さ

道路に面したウインドウには、季節に合った本がディスプレイされている。先週は、新緑にちなんだ緑色の本たちだった。『木はいいなあ』『森の絵本』『木をかこう』……。

でも、店内に一歩入ると、そこは別世界だ。おもてが春でも、夏でも、秋でも、冬でも、店内の空気は変らない。すこし暗く、すこしひんやりしていて、とても静かだ。静かという言葉は誤解を生むかもしれない。何しろお店にはいつも子どもたちがいて、賑やかといえば賑やかだからだ。でも、静かなの。本たちの息づかいが感じとれる。

想像してみてほしい。天井まで届く深い焦げ茶色の本棚、たてかけられた梯子、それぞれの場所に並び、積まれ、たてかけられたたくさんの本たち。一冊ずつが、ちゃんと自分の居場所を与えられている。だから彼らは、私を買って、とか、私を読んで、なんて言わない。一冊ずつが物語を抱いて、気持ちよさそうにただまどろんでいるのだ。あのひそやかな気配、本たちのつくる陰翳の深さ。通路という通路にそれがみちているのだから、静かに決まっているのだ。紙とインクの匂いのする、なつかしい、心愉しい静かさだ。

私は「メリーゴーランド」で、東京の大きな本屋さんを何軒まわっても見つけられなかった本を見つけたことが数回ある。どの場合も、まるで私を待っていてくれたみたいに、棚に一冊だけひっそりと在った。なぜここに？　と思ったのは、その本がすでに「私のもの」に見えたからだ。「メリーゴーランド」で出会う本はいつもそうだ。そこで私はレジに行ってお金を払い、私の本を連れて帰る。

隣接するカフェでおいしいコーヒーがのめるとか、多くの絵本がちゃんと表紙の見えるかたちで並べられているとか、働いている人たちがてきぱきしていて気持ちがいいとか、このお店にはいいところがたくさんあるけれど、「連れて帰る」ための本が静かに待っていてくれる安心感が、なんといっても魅力なのだ。

（「ＭＯＥ」二〇〇六年七月号）

辞書とおなじもの――『ちいさなうさこちゃん』のこと

たぶん、私が生れてすぐ、両親が買ってくれたのだと思う。私にとっては、記憶にある限りの最初からすぐそばにあった本で、「わたし用」のものだと思っていた。くり返し読んでもらったし、のちに自分でもくり返し読み、その中間には、何度も何度も眺めて、文字が読めなくてもお話を読んだ。だからいまでも四冊とも、簡潔でふくよかな文章をほとんど諳じているし、諳じれば、その頁の絵もひとりでに頭に浮かぶ。

私は本物の牛を見る前にこれらの本のなかで牛を見たし、本物の海に行く前にこれらの本のなかで海に行き、本物のさやえんどうを見る前にこれらの本のなかでさやえんどうを見た。雪を見たし、小鳥を見た。しまうまを見たし、砂丘を見た。私が最初に触れた家の外の世界は、全部この四冊のなかにあった。この四冊が私の辞書であり、私の常識と世界観をつくった。四冊とも、日本での初版発行年は一九六四年で、もしもこれがもっと遅かったら、と思うとぞっとする。そうしたら私は辞書なしで、いきなり世界と向い合う羽目になっていたのだ。

正直にいうと、いまでも（いまでは、というべきかもしれないが）、私は自分とうさこちゃんの区別が上手くつけられない。うさこちゃんはうさぎの世界の私だと思うし、私は人間の世界のうさこちゃんだと思っている。

（初出誌不明）

好きなもの

①春のお鮨

貝類があまり好きではないにも拘らず、春のお鮨が好きです。桜の葉で〆た小鯛、冬のそれほどには脂がきつくなく、でも夏のそれよりずっとたっぷり脂ののってい る鯖、新鮮な小鰭《こはだ》、端がすこし焦げた、白焼きの穴子、透けた身の下にほんのりと肝が見えて、塩とすだちで食べるかわはぎ。春のお鮨は、涼しい味がする。

もちろんお酒も必要です。お鮨屋さんでは、私は日本酒をすこしとビールをたくさん、のみます。不思議なことに、お鮨屋さんでのむビールは海と似ています。晴れた真昼の、とてもきれいな海です。波が岩を洗うみたいに、ビールが私の喉や内臓を洗うので、海辺のバカンスみたいな気持ちになります。ときどきのむ日本酒は、夜風のようなものです。

②おもしろい本

熱烈に好きなもの、といったらこれです。最近読んでおもしろかったのは、『ジェイン・オースティンの読書会』（カレン・ジョイ・ファウラー著、矢倉尚子訳／白水社）、『ロリータ』（ウラジーミル・ナボコフ著、若島正訳／新潮社）、『ベルカ、吠えないのか？』（古川日出男著／文藝春秋）。

こういった本を読んでいるあいだは、どこにいても、何をしていても、魂の半分がその世界のなかに置き去りにされています。だから本の続きをひらくとき、「でかける」感じではなく「帰る」感じになる。それが好きです。

③筋肉痛

めったに風邪をひかないのですが、風邪をひいて咳ばかりしていると、腹筋が痛くなります。そうすると、私にも腹筋があったのかと驚き、心底嬉しくなる。雑巾がけをしたあとの、腕の筋肉痛もそうです。それが続いているあいだじゅう、筋肉痛を楽しみます。

でも、筋肉痛が消えてしまうと、筋肉が消えてしまったようで淋しい。

（「毎日新聞」二〇〇六年五月七日）

ここに居続けること

『小さい牛追い』(マリー・ハムズン作、石井桃子訳/岩波書店)という本がある。これは美しい本で、ノルウェイの農場に暮らす四人の子供たち——一人が一頭ずつ牛を所有している——の生活が、北欧特有の透明な空気を背景にして、成長物語としてなどでは全然なく、ただ瞬間のつらなりとして、気持ちのいい文章でテンポよく描かれている。

四人の子供たちのうちの一人、オーラ、は、本を読むことが好きだ。けれど彼は、つまらない児童書によくでてくるような、〝本ばかり読んでいる内向的な少年〟ではない。〝孤独癖〟があるわけでもないし、〝空想ばかりしている〟わけでもなく、〝人づきあいが苦手〟なわけでも全然ない。山で遊び川で遊び、農場の仕事もたくさん手伝う。他の子供たちと一緒に木の葉の家をつくったり、インディアンごっこをしたりする。知らない大人にも臆せず話しかけるし、自分の持ち物を取引して、おまけをせしめる商売っけさえあるのだ。

彼が本を読む場面が私は好きだ。こう書かれている。

オーラは、とても本がすきでした。じぶんの手にはいるものなら、なんでもござれ、聖書から、おかあさんのお料理の本まで読みました。オーラは、アメリカ・インディアンの本二冊と、ロビンソン・クルーソー一冊という、すばらしい蔵書の持ち主で、このたいせつな宝物が、ぼろぼろになるまで読みました。

何かあたらしい本が手にはいると、いつもこっそりどこかにかくれて、じぶんが、どこにいるかも忘れて、読みふけります。ほかの子どもたちが、そういう状態にいるオーラを呼ぼうとすれば、それはまるでべつの、遠い世界から、かれをつれもどすようなあんばいでした。不幸なことに、おとなたちもまた、オーラを呼ぶという、ふゆかいなくせをもっていました。オーラ、少し薪を割っておくれ、オーラ、早く、水を一ぱいくんできておくれ、などというのです。オーラ、それ、オーラ、あれ、というぐあいで、一日つづきます。

ああ、かわいそうに！　あれだのそれだの言われて、どっぷりと本のなかに身を沈められないなんて。と、思うことは思うのだけれど、現実と地続きの場所で読むからこそ、世界が立体的になるのだ、とも言える。

本を読んでいてすっかり没頭し、そこが部屋だろうが駅のベンチだろうが電車のなかだろうが、物音も他人の存在もないもののようになり、というより本を読んでいる自分自身が、そこにいていないものになる、という経験は、おそらく誰にでもあるはずだし、たしかに幸福で、えも言われない。

でも、本を読んでいる自分が、からっぽの箱のような肉体として、その場所に現実に存在している（読んでいるあいだも）、ということが、あのえも言われない幸福な状態の、半分くらいは担っている。ここと、ここではない場所と、の二つに同時に存在している、という状態が大事なのだ。

本に没頭していて日が暮れたことに気づかず、気がつくとひどく薄暗い部屋のなかで活字を追っていた、というとき、私は自分が長時間そこにいなかったことに気づくのではなくて、自分が長時間そこにいたことに気づく。

薄暗くなっていく部屋とか、おもてで降っている雨とか、こっち側が必要なのだ。オーラも、そうやって本を読んでいる。お父さんがいたりお母さんがいたり、牛がいたりヤギがいたり兄弟たちがいたりするこっち側と、アブラハムがいたりモーゼがいたり、ロビンソン・クルーソーがいたりヤシの木が生えていたりするあっち側に、同時に存在している。

家の用事を言いつけられずにすむように、オーラはよく野原の堀のなかにかくれて本を読む。そこはすこし湿っているし、カエルがたくさん、とんだり跳ねたりしている。

私はうらやましくてならない。そんな場所で本が読めたらどんなにいいだろう！

勿論、オーラは湿った土もカエルも気にしない。本に没頭してしまえば、私もまったく気にしないだろう。でも、湿っているし、カエルがいるのだ。

随分前に一度読んだきりなので、細かいことは憶えていないのだけれど、ミヒャエル・エンデの『はてしない物語』（上田真而子・佐藤真理子訳／岩波書店）も、少年が屋根裏部屋だかそこに続く階段だかで、息をつめて本を読んでいるところから始まる物語だった。あの少年もまた、こっちとあっちに同時に存在した（それが、インクの色を変えて示されていた）。

読んでいる本のなかで誰かが本を読んでいる、というのは入れ子状態だから、あやしい気持ちになる。

読むことはよく旅にたとえられる。その比喩もわからなくはないのだけれど、私はむしろ、ここに居続けること、の方に似ていると思う。いまでこそ旅も好きになったけれど、子供のころは旅なんか好きじゃなかった。でも、本を読むことは好きだった。旅にでると、私は旅先に行ってしまう。あたりまえだけれど。旅先に行ってしまえば、そのあいだはここにいられない。

読むことは、どこに行ってもここに居続けること、なのだ。湿った土の上に、カエルのいる場所に、薄暗くなっていく部屋のなかに、降りだしていた雨のなかに。

（「yom yom」第一号、二〇〇六年十二月）

代官山の思い出

代官山というおしゃれな街があるらしい、と誰かに聞いたか何かで読んだかしたのは十三歳のときだった。ぜひともそこを歩いてみたい。そう思った。それで、冬の初めの日曜日に、私はおなじ女子校に通う友人と二人でそこに行ってみることにした。待ちあわせは代官山駅のホームのベンチ、時間は午前十時。いいお天気だったことも憶えている。

知らない街に保護者なしででかける、というのは、大変緊張することだった。臆病なくせにかっこつけだった私は、慣れているように見せかけたくて、まず、手持ちの服のなかでいちばんその街にふさわしい（と思われる）服を熟慮の末選んだ。プリーツスカートにセーター、ベレー帽。さらに、それだけでは大人っぽさが足りない気がして、まぶたに青いアイシャドウものせた。言うまでもなく、珍妙そのものの恰好だった。

でも自分では、「これで大丈夫」と思っていた。あれは、着飾るというのではなくて、ある種の武装だったといまならばわかる。

仕上げに私は本を選んだ。読むものなしで外にでることは、私には恐すぎることだった。本さえあれば、周囲の現実を遮断できる。だから、知らない場所でも大丈夫——。

この日、私の選んだ本は太宰治の『斜陽』だった。好きな本で、物語の空気が濃く、開けばたちまちそこに行かれた。登場人物の一人ずつをよく知っている気がしていたので、読んでいると安心するのだった。

いまふり返れば、代官山を「歩く」だけのために、なぜそこまで武装したのかと訝しくも思う。でも、あのときにはそれが、たしかに必要だったのだ。

本を読むことは逃避であると同時に、一人で外にでるための練習でもあった。一人で旅をすること、物を見ること、理解すること、そして一人で生きていくことの、シンプルな練習でもあった。

（集英社文庫「ナツイチ」小冊子、二〇〇五年）

ゆうべのこと

ゆうべたまたま聞いた初老の男女の会話が面白く、それはたとえば「チーズの小こいのがあってさ」「どこに?」「京都の入口んとこに」「北海道じゃなく?」「北海道はメロンだろ」「あ、そうか」という具合に延々と続き、チーズの小こいのとは何か、京都の入口とはどこか、には言及されずに話題はみかんへ寝巻へ次々と移り、でも二人は、私達って話弾むね、という風情で幸福そうで、私は、小説は現実に追いつけないとしみじみ思い、でも、いや負けるものか、とも思ったのでした。

(「すばる」二〇〇七年十二月号)

最近読んだ本

本屋さんにでかけ、自分にとって特別な作家の新刊を見つけた瞬間の嬉しさは、どう形容すればいいだろう。「あ！　誰々さんの新刊だ！」と、心より一瞬早く目が叫ぶ感じ。店内で、そこにだけ日ざしが降り注いでいるのかと思うほどだ。庄野潤三『ワシントンのうた』（文藝春秋）は、まさにそのような本だった。待てない。一刻も早くこの本のなかの時空間に身を置きたい。そう思って読んだ。

言葉の一つ一つ、文章の一つ一つがすばらしい本だった。なかに、若いころの著者がある作家に紹介される場面がある。紹介した人物がその作家に、「庄野君はシュークリームを食べながら紅茶を飲むような小説を書きたいといっています」と、言う。この、「シュークリームを食べながら紅茶を飲むような小説」という表現は印象的で、考えてしまうとどこまでもわからなくなるのだが、同時になんとも軽やかな、嬉しい気持ちにもなるのだ。

私は庄野潤三の本はいつも何度も読む。だからこれも何度も読むはずだ。小さな出来事の静かな描写、その積み重ね。これは読む甘露で、次第にホリックになる。

井上荒野『ベーコン』（集英社）も、見つけて嬉しかった新刊。短編集で、どの話にも食べ物がでてくる。「ほうとう」とか、「アイリッシュ・シチュー」とか。小説を書く技術が、高いし見事に冴えわたっている。この人の小説を読むといつも、冬の日に日あたりのいい室内にいて、肌が日ざしを温かいと感じているのにとり肌が立っている（腕を露出しているから）、とでもいう感じになる。冬に肌を露出させていれば寒いのだけれど、露出がなければ日ざしを肌で感じることはできない。この作家特有の、視線の醒め方と世界の温《ぬく》み。それを堪能した一冊。

紙面が尽きそうだけれど最後に、セーラーとペッカの美しい絵本五冊（ヨックム・ノードストリューム作、菱木晃子訳／偕成社）は、今年の私の最愛の五冊だった。もう最高、としか言えない。

（「週刊朝日」二〇〇七年十二月二十八日号）

二十年目の近況報告――二〇〇八年秋のこと

旅も多く、対談やトークライブといった催しも多く、原稿の〆切にも容赦がなくて、慌しい秋です。生来のろまで何をするにも時間がかかるので、こういう日々は苦手ですが、そもそものろまであるが故に、ぐずぐずぼんやりしているうちに物事が決まってしまい、こういうことにもなるのです。あたふたするのも、でもすこしおもしろい。違う色のめがねをかけて、世界を見るような気がしています。

先月ひさしぶりに工藤直子さんにお会いできたのも、雑誌の対談があったからでした。工藤さんは、私がアルバイトの書店員（失敗ばかり）だったころに、物語（らしきもの）を書いていることを知って、にこにこしながら励まして下さったかたです。いまはもうないあの書店の、雨の日の内職（と私たちは呼んでいた。来て下さったお客さまにさしあげる青いガラス玉を、小さな袋につめる作業）が私は好きで、そんなことを思いだしながら対談しました。

二十年になる、ということは、「Feel Love」の編集部のかたに聞くまで知りませんでした。百年ならともかく、二十年というのはまったく中途半端で、ことさら感慨もないのですが、それでも今年何があったかを、書いてみることにします。

今年いちばん嬉しかったのは、なんといっても『雪だるまの雪子ちゃん』という物語を書き終えられたことです。子供の本というのは私にとってほんとうにハードルが高く、もっとたくさん書きたいと思ってはいても、なんともはや、むずかしくて書けずにいるものです（来月あまんきみこさんにお会いするので、子供にとどく言葉というものを、どこにひそませて暮していらっしゃるのか伺ってみるつもりです）。『竹取物語』（新潮社）で木版画家の立原位貫《いぬき》さんと、お仕事をご一緒できたことも嬉しかったです。古典の現代語訳ははじめてのことでしたが、とてもたのしかった。「人ないたくわびさせたてまつらせたまひそ」という言葉に虚をつかれたりしました。言葉は、時間を超えてつきささるからこわいです。他にも、今年は「すばる」で五年連載していた小説が単行本になりましたし、リスベス・ツヴェルガーの絵が美しい、『オズの魔法使い』（このなつかしい、健全なアメリカの物語が私は好きです）の翻訳も、もうじきできます。

こんなふうにいろんな仕事のできる日がくるとは、たしかに二十年前には想像もしていませんでした。私は当然のように両親の元で暮していて、ほそぼそと書いていたとはいえ、ほとんど収入のない状態でしたから。幾つかアルバイトをしましたが、どれも長続きしませんでした（ふいにいやになってしまう、という無責任きわまりない辞め方で、次々辞めた）。その一つが英会話学校の講師でした。その学校では講師がみんな英語の名前を持つことになっていて、私は「ジュリー」という名前でした。沢田研二が好きだったからです。登下校の際に、電車のなかや道端で生徒にばったり会ったら英語で会話しなくてはならない、というルールがあって、そういう状況に陥るたびにひどく困惑したことを憶えています（アーユーゴーイングホームナウ？　とか、ドゥユーハヴエニィプランフォーディスウィークエンド？とか、大きな声で言わなければなりませんでした。笑顔で）。授業が終ったあとの教室の、白々とした蛍光灯の光は淋しかった。とても優秀な――英語力という意味ではなくて、人格と深く結びついた理解力がずばぬけて豊かな――生徒が二人いて、私はだめ講師でしたが、いまもときどき彼らのことを思いだします。一人は小学校一年生、一人は中学生でした。その彼らも、もうとっくに社会人になっているわけです。

そう考えると、二十年は長い時間なのかもしれません。二十年前に取った自動車の運転免許証は、まったくの身分証明書と化しています（もちろんゴールドです）し、二十年前の恋人は、いまではよい友人です。二十年前には元気だった父も母も祖母も、もうこの世にはいません。私はいまここにいて、窓の外は雨です。

あいかわらず毎日二時間お風呂に入っていますし、朝と昼は果物ばかり大量にたべ、どこに行くにも本としゃぼん玉液を持ち歩いていますし、好きな遊びはしりとりです。

すこし前に、青緑色の編み上げブーツを買いました。がっしりとした靴で、どこでも歩けそうなやつです。この一足がだめになる前に、これをはいてどのくらいたくさんの旅ができるかしら、と考えたりしています。旅が好きなことも昔から変りません。いつか——というのはずっと先のいつかを想定しているのですが——、旅先で死ねたらいいなと思ったりします。ここから遠く離れた場所で。その場合、遺体は誰にも発見されずに朽ちて風化するのが理想なので、街ではなく森とか荒野とかで。

いま書こうとしている小説は、「唇」というタイトルです。短編で、奇妙な話になる予定です。人は奇妙だなあ、ということと、世間はおそろしいなあ、ということが、ここしばらく私が書こうとしていることとみたいです。

仕事以外で考えているのは、ロバと羊のことです。もし広大な庭を持っていたら、ロバと羊を飼いたいということ。ロバの首には水色のりぼんを結びますが、羊には何もつけません。

あとは、レモングラスに干したこまかいりんごと、微塵切りにしたしょうがを合わせたハーブティが気に入っていて、最近しょっちゅうりんごを干してはこれをのんでいます。それくらいです、近況報告。

サラ・スチュワート文、デイビッド・スモール絵の、『エリザベスは本の虫』(アスラン書房)という絵本があります。生れてから死ぬまでひたすら本を読んで過した女の人の話なのですが、私はこの本が好きで、はじめて読んだときから他人事とは思えませんでした。この本と、ヨックム・ノードストリューム作の「セーラーとペッカ」シリーズ（偕成社）五冊が、ここ数年手放せないものです。いまも机のすぐそばにあります。たぶんこれから、また眺めます。

（「Feel Love」二〇〇九年冬季号）

この三冊

（一）池澤夏樹＝個人編集『世界文学全集Ⅱ-04　アメリカの鳥』（メアリー・マッカーシー著、中野恵津子訳／河出書房新社）
（二）『昨日のように遠い日　少女少年小説選』（柴田元幸編／文藝春秋）
（三）『最終目的地』（ピーター・キャメロン著、岩本正恵訳／新潮社）

三冊とも、言葉というものの持つ力、その豊かさを堪能させてくれます。読む喜びに満ちています。また、優れた本はみなそうですが、この三冊も、一冊ずつが独立した王国のようなものですから、でかけて行き、たっぷりとひたり、帰ってくることができます。

（「新刊ニュース」二〇〇九年十一月号）

ここそこ

昔、フォアレディースシリーズという、ほぼ正方形の本があり、私はそこでまず岸田理生を、つぎに当然寺山修司を知った。たちまち耽溺した。あの感じをどう言えばいいだろう。それまでに読んだどんな文章ともちがっていた。皮膚に直接しみこんで、まっすぐ心にさわる文章、とても近くて、それなのに遠くへいざなわれるような文章。

どの本のどの頁にも、ここではないどこかが埋め込まれていた。そのどこかは、外国の港町であったり、知らない女の子の部屋のなかであったりし、でも、秘密の扉とか特別な呪文とか、ささやかな何かさえ知っていれば、そこはここと地続きである、と囁かれているような気がした。ここがもうじきそこになるかもしれないと思えた。というより、ここはほんとうはここではなくそこで、そのことは誰も知らないはずなのに、と。

私は十四歳だった。夢見がちな年齢と言ってしまえばそのとおりだが、それではそれから三十年以上経ったいまの方が、そこをもっとはっきり、もっと近しく感じることは、どう説明できるのだろう。

あのころ、私が寺山修司を読んでいるのを見ると、父はきまって眉をひそめた。どうしてなのかわからなかったが、いまならば、すこしわかる。たぶん、父は娘に、何かに耽溺などしてほしくなかったのだろう。何かに心をさわられたりも、してほしくなかったのだろう。「ここ」にとどまっていてほしかったのかもしれない。そのうちのどれも叶えてあげられなかったことを、私はすこし悲しく思う。

二〇〇一年に、旅先でたまたま立ち寄った美術館で、寺山修司の展覧会がひらかれていた。私はもう十四歳の少女ではなかったが、少女だったころとおなじように、ここそこの区別がつかなくなった。

「たかが言葉で作った世界を言葉で壊すことがなぜできないのか?」

という言葉と、

「どんな桎梏からの解放も、言語化されない限り解放感にすぎない」

という言葉を、私はその日、手帖に書き写して帰った。

（初出誌不明）

荒井良二さんへの手紙

荒井さん、お元気ですか。随分お会いしていませんが、私はときどき荒井さんの国にでかけています。そこでは雨が、お日さまの光みたいにあかるく降りますね。反対に、お日さまの光が雨みたいにすべてを濡らしたりする。そこの夜はとても暗いですね。暗いのにいろんなものが見えるのでおもしろい。それはたぶん、私たちがそこでだけ、フクロウみたいにぴかぴかの、夜行性の目を与えられるからですね。あるいは電車のヘッドライトみたいな目を。

以前から謎々みたいだと思っていたのですが、そこには入口と出口がないですね。それなのに私は一体どうやって、そこに行ったりここに帰ったりしてるのかしら。でかけるときは、いつもいきなりまんなかにでてしまう。あるいは、まんなかと端っこのあいだのどこかに。何度でかけても未知の場所に放り込まれることになり、私にはそれがたのしいです。何も把握できなくて、把握に意味なんてないというところが。荒井さんはそこに住んでいるのですか。それともときどきでかけていくだけ？　建国の父ですから、そこの王様かもしれないとは思うのですが、そうだとしても、荒井さんはきっと身分をいつわって、ただの旅人のふりをしているのではないでしょうか。荒井さんの国では庶民がみんな王様みたいに見えますから、一線を画すには、王様が庶民の方がいいのかもしれません。

私はそこにでかけると、ときどき小さな女の子のふりをします。不思議なことに、そうするとそこにいる人々の目に、ちゃんとそのように見えるようです。勿論、いつもそうするわけではありません。年齢なりの自覚を持って、でかけていくこともあります。

いつか、もしそこでばったり会ったら、私たちは互いにそれと気づくでしょうか。気づいたら、きっと笑っちゃいますね。そのときの荒井さんの、ちょっと困った顔が目に浮かびます。気がつかないふりをして下さっても、いいです。

それではまた。

（「飛ぶ教室」二〇一〇年冬季号、改題）

窓、ロアンの中庭

あいた窓から、ときどき風が入ってくる。うす曇りの午後だ。春だけれど、肌寒い。なにしろ少女は、やわらかな生地のピンク色の服を、身体のごく一部にまとっているだけなのだから。

この部屋はしずかな匂いがする、と、少女は思う。そしてすぐに、しずかな匂いなんて変な言い方だと思う。しずかは耳で感じることで、匂いは鼻で感じるものだ。でも、ほんとうにそうだろうか。少女は一つ一つを確かめようとする。ひんやりとした、石壁の匂い、ずいぶん古そうに見える小ぶりのテーブルの、日に温められた木の匂い、乾いて、ほとんど空気にとけこんでいるように思える油絵の具の匂い、少女には名前のわからない幾つかの薬剤の匂いは、かすかだけれど、すうすうと甘い。それに、うす暗さの匂いと、昔の匂い。

昔の匂い？　少女は鼻にしわを寄せる。それっていつの匂いだろう。なぜここにあるのだろう。いまはいまなのに。

「大丈夫？」

尋ねられ、少女は、

「ええ」

とこたえて笑ってみせる。上体を起こしてベッドに横たわり、膝から下にだけ毛布をかけて。足元にいる猫の体温が、毛布ごしに伝わってくる。この猫はとてもおとなしい。ときどき部屋を横切ったり、窓枠にとび乗ったりして突然消える、もう一匹の猫はやんちゃだけれど。

「もうすこしだからね」

画家の声にはいつもすこし音楽が混ざっている。

「ええ」

少女はもう一度こたえた。モデルを務めたあとは、べつな部屋で紅茶をのむことになっている。小さなサンドイッチと焼き菓子がでる。迎えに来る母親を待ちながら、そこで画家とおしゃべりをするのが少女は好きだ。少女はまだ七歳だが、何か質問をすれば、画家は大人に対するようにきちんと、ごまかさずにこたえてくれる。彼がいま三十八歳であることも、パリを離れてもっと静かな場所で暮らしたいと思っていることも、だから少女は知っている。

ふいに、別な誰かの気配を感じ、見るとあいた窓の下枠に、少女より幾つか年上に見える男の子が腰掛けていた。知らない子だったが、こわくはなかった。この部屋にいると、ときどきこういうことがあるのだ。赤い靴下をはいた大人の男の人が見えたこともあるし、あるはずのない暖炉が見えたこともある。暖炉にはあかあかと火が燃えていて、その前で、のびやかな手足の少女が手鏡をのぞいていた。男の子は、目が合うとにっこり笑った。青と白の縞の服を着て、半ずぼんをはいている。そして、ときどき現れては消える、あのやんちゃな猫を抱いていた。

窓、あいてるんだから危ないわよ。少女はそう言いたかった。ここは三階だし、落ちたら中庭にまっさかさまよ。

けれど声はでなくて、まぶたは重くなっており、少女は、自分が半分眠りかけていることに気づく。あべこべだわ、と、ぼんやりした頭の片隅で思った。画家は、目ざめという主題で描くつもりだと言っていたのに。

いずれ大人になり、恋をして結婚し、中年の婦人になり、老女になり、やがてこの世からいなくなっても、自分の一部がこの場所にい続けることになるのを少女は知らない。あの猫や、男の子や、手鏡の少女や、赤い靴下の男の人とおなじように、この場所に。

半分眠りかけながら、彼女にわかっているのは、窓から風が入ってくること、もうじき紅茶がのめること、そして、母親が迎えに来るということだけだ。

（「朝日新聞」二〇一〇年四月三日）

物語のなかとそと——文学的近況

最近私が驚いたのは、自分が年を取ったことです。年は誰でも取るのですから、驚くなんておかしいと思われるかもしれません。でも私は心底驚いたのですし、それには理由があります。

私は、夜はお酒をのんでいるか眠っているかですが、昼間は仕事をしているか本を読んでいるかです。毎朝必ず二時間お風呂に入るのですが、お風呂のなかでも本を読んでいますし、用事があって、たまにどうしても外出しなくてはならないときも、電車のなかでも銀行のロビーでも、喫茶店でも歯医者さんの待合室でも、ときには道端でも本を読んでいます。本を読んでいるあいだ、私はその物語のなかにいます。そして、私の仕事は小説を書くことですから、仕事をしているあいだ、私はその小説のなかにいます。つまり、現実を生きている時間より、物語のなかにいる時間の方がはるかにながい。もう、ずっとそうです。

　はるかにながい、とはどのくらいかといえば、昼間の時間の八割は本を読んでいるか書いているかで、家事その他、現実に対処する時間はたぶん二割。そのくらいだと思います。

　たとえばこの二十年間、私が二割しか現実を生きていなかったとすると、二十年の二割は四年ですから、たった四年しか現実を生きていない計算になります。たった四年しか生きていないのに二十も年を取ってしまったわけで、これはもう、驚くなという方が無理な話です。なぜ白髪？　なぜ老眼？　なぜ友人たちにだした手紙がみんな宛先不明で戻ってくる？　それでも、家のなかにいればまだ安全です。一歩外にでると、知らない国に来たような気持ちがします。

　つい先週も、ひさしぶりにCDを買おうと思って自由が丘に行ったのですが、駅前にあったはずのCD屋さん――地下で、広々していて、すいていて、クラシック音楽のコーナーが充実していて気に入っていた――が見つからず、ぐるぐる歩いたあげく人に訊くと、「それはここですが、もうないです」という返事で、「ここ」というのは自然派化粧品屋さんでした。ショックでしたが仕方がありません。恵比寿の駅ビルのなかの、本屋さんとおなじフロアにCD屋さんがあったことを思いだし、そこに行くことにしました。でも、切符を買って電車に乗ろうとしたところ、どう読むのかもわからないほど見知らぬ駅に行く電車ばかりが来て、(私にとって)いつもの、日比谷線直通の電車が来ません。六本くらい待っても来なかったので、駅員さんに尋ねると、そういうのはもうなくて、中目黒で乗り換えなくてはならないという返事でした。大ショックでしたが、致し方ありません。中目黒で乗り換えて、恵比寿に行きました。が、駅ビルのなかのCD屋さんはもうなくなっていました。ショックのあまりそれ以上探しに行かれなかったので(昔、新宿の小田急ハルクのなかにいいCD屋さんがあったけれど、私がそこにときどき行っていたのは、考えてみればもう二十七年くらい前のことで、あの店がいまもあるかどうかは心許ない)、CDはまだ買えていません。こういうことが、たくさんあります。ついきのうも、仕事で御殿場に行ったのですが、同行してくれた妹が(御殿場は遠いので、私が一人でたどりつけるとは思わなかったのでしょう)、「巨人の鈴木が」と言いました。

「はいはい、鈴木康友ね」私が相槌を打つと妹は黙り、たっぷり三十秒くらい私の顔を見つめたあとで、「鈴木康友は二十年以上も前に引退したよ」と言いました。去年引退したよ、でも、ちょっと古いね、でもなく、二十年以上も前に……。私はその事実にではなく、自分のなかの大きな時間の欠落に、愕然としました。

私が物語のなかで過しているあいだも、現実の時間は流れていて、街も人もシステムも変り、様子がすっかり違ってしまっているので戸惑います。最近では、未知の場所に旅行にきたつもりでたのしもうと心掛けていますが、ほんとうはこっちが現実で、物語のなかはそうではないのだと思うと、信じられない気持ちです。不安になり、おそろしくもなります。それで、一刻も早く物語のなかに帰りたくなります。

私がいま帰ろうとしている場所は、一九七〇年代のニューヨークです（テリー・ホワイトの『真夜中の相棒』という小説を、二日前から読んでいます）。そこにはジョニーとマックという二人組がいて、二人は互いをほんとうに大切に思っています。ゲイというわけではなく、ただ、この世で二人きりの友人同士なのです。マックにはギャンブル癖があり、ジョニーはアイスクリームが好きです。彼らの望みはただ二人でひっそり、心愉しく暮すことだけなのですが、紆余曲折あって、雇われの殺し屋になります。彼らのいる場所は、アパートであれ食堂であれ、夜の街路であれ、薄いブルーの車のなかであれ、私にとって居心地のいい場所です。マックがジョニーを守ろうとし、ジョニーがマックを守ろうとしているその場所は。ジョニーは長身で金髪（たぶんですが、繊細な顔立ち）です。マックはそれよりもがっしりしていて、想像ですが、顔に魅力的なたて皺が多い。二人ともあまりにもやさしいので、彼らのいる無常な世界まで、しっとりと美しく見えてしまう。さっき第二部に突入したのですが、そこにはサイモンとマイクという刑事が登場しました。この二人も、信頼と友情で強く結ばれているようですが、それぞれがどんな人なのかはまだわかりません。マイクに関しては、わかる前にいきなり殺されてしまった。殺したのはジョニーです。ジョニーにすこしも悪気はなく、仕方のないことでした。でも――。男たちがそれぞれの友情を胸にこれからどうなっていくのか、私はすぐにも戻って確かめなくてはなりません。

三日前まで私がいたのは一九六八年と二〇一〇年のイギリス、コーンウォール州で、ある一族の謎や死や嘘に翻弄されながら、土地の美しさや若い日の恋のみずみずしさに我を忘れ、その場所のディテイルの濃やかさに陶然とするあまり、帰ってくるのも忘れそうでした。

そのすぐ前に私がいたのは一九九〇年前後と思われるロンドンで、メアリという女性がDV男から逃れ、本来の自分をとり戻すまでをはらはらしながら見守りつつ、ホームレスながら礼儀正しく、インテリでもあって、声に深みのあるローマンという男性に会うのをたのしみにして暮していましたし、その前には十七世紀のオランダで、ほっそりした優美な犬——名前はレゼキ——が殺され、袋に入れられても脚が長すぎて突きでたままなのを、衝撃と共に目撃しました。その前には、と書いているときりがないのですが、本を読むというのはそこにでかけて行くことですし、でかけていれば、現実は留守になります。誰かが現実を留守にしてでもやってきて、しばらく滞在し、外側にでたくなくなるような本を、自分でも書きたいものだと思っています。

（「中央公論」二〇一五年十一月号）

Ⅲ　その周辺

散歩がついてくる

さよならを言うのはすこしのあいだ死ぬことだ、と言ったのはフィリップ・マーロウだけれども、散歩をするのもまた、すこしのあいだ死ぬことだ。日常からはみだすこと。日常がそこでぷつんと切れて、時間が停滞する、というか、ゆるくかたまる、くず湯みたいに。そういう意味で、散歩と旅とお風呂は似ている。

私の家は駅から遠く、三つある最寄り駅のどこにも、歩くと三十分ちかくかかってしまう。だからどこへでかけるのも散歩つきだ。

住宅地というものが好きなので、よその家を眺めながら歩く。掃除好きな家、掃除嫌いな家、ゴージャスな家、質素な家、猫のいる家、子供のいる家。私の気に入っているのは「黄色い家」と、「ゴミにかぶせるカラスよけネットまでまっ白い家」。

嫌いなのは夕暮れどきの散歩。孤独な気持ちになる。家々の台所から夕食の匂いが流れてきたりして、でもそこは私の帰る場所じゃなくて、かなしい。

それでも、なにしろ外出のたびにもれなく散歩がついてくる状況なので、私はきょうも散歩をする。昼にも、夜にも、夕暮れにも。

散歩をするのはすこしのあいだ死ぬことで、だから私は、日に何度も死んでいる。

（「文藝春秋」二〇〇〇年四月号）

上海の雨

上海の雨はしっとりした匂いだ。

私はいま「Face」というバーにいて、昔の小学校を思わせる古い木の机についた、まるい水跡をなぞったりしている。ブラウンシュガーを使ったカイピリーニャの、グラスがつけた水跡だ。カイピリーニャは甘くてつめたい。夕方。窓の外は緑深い庭で、土も樹々もテラスも空気も、秋の雨に濡れている。

さっきまで、編集者とカメラマンとコーディネーターがいたのに、みんなどこに行ったのだろう。

ここはおもしろい街だ。日本でもたくさん取り沙汰されているように、たしかに建築ラッシュで、新しいものがにょきにょき現れ、率直に言って金ぴかだ、と思うホテルが次々オープンし、その一方で壊れかけの家や古く美しい路地があちこちにあって、物乞いする人やお風呂に入っていなさそうな人ともすれ違う。でも、おもしろいのはその新旧の混交ぶりじゃない。もっとおおらかなこと、もっとファニーなこと、もっと骨太なこと。中国という国の、あるいは国民の、おもしろさがたまたまいまの上海からこぼれているのだ。上海はたぶん、表面にあいた小さな穴にすぎない。

大層混沌とした穴だ。いろんな音いろんな色いろんな匂い。なんてまあ体力のあること。上海に着いた日、だから私はいっぱいまばたきをしなくてはならなかった。あけた両目に、情報をいちどきに受けとめきれないのだ。看板の漢字に気をとられるせいもある。「杉杉集団」とか「中国石化集団」とか、あれは一体何だろう、と考え始めるときりがない。自転車が超人的なスピードで走ってくるし、提灯やアドバルーンがいたる所に揺れているし、人が多いし、色彩のいちいちが強烈だし。

いちばん驚くのは、やっぱり、どう考えても、人のエネルギーだ。たとえば新天地。洒落たカフェやブティックのならぶ人気スポットだというそこは、でも単にカフェやブティックなのに、人波が途切れないのだ。でっぷりしたお腹にランニングシャツ姿のお父さんも、いかにも愛情深く口うるさげなお母さんも、子供も、祖父母らしき人も、叔母さんなのかな、と思う感じの人も、のみならずその友人とその子供と、もしかして近所の仲良しの一家かなと想像させる別の一家も、なにしろ大勢で、にぎやかにやってくる。やってきて何をするかというと、ただ歩いている（ように見える）。しかも夜中までその状態は続き、多くの店が遅くまであいているし、多くの人が遅くまで徘徊し、歩きながら飲んだり食べたり笑ったり喋ったりしているのだ。子供も含めて。ただ、子供同士というのは見なかった。一家総出。あるいは一族総出。それはあたかも人々が街を——あるいはいまを——嬉々として味わっているような、呼吸するだけで街のエネルギーを体内に取り入れてしまうかのような、光景だった。いいなあ、と思った。

お洒落な街上海は、勿論お洒落な人々だけのものじゃないんだもの。みんなが勝手に楽しんでいる感じ。

私は、それは時代のせいではなく本質のせいだと思う。この国の人々は楽しみにとことん貪欲だ。中華料理を見ればわかるし、それを食す一家を見ればもっとよくわかる。

ここまで書いて、お腹がすいていることに気づいた。雨は依然として降り続いている。店の中は食前酒を愉しむ人々ですこし混んできた。私はグラスが空になって一人ぼっちで淋しいので、チリのワインを頼むことにした。

上海は嘘みたいな街だ。

だってたとえば、東京からたった三時間弱で着く。帰りは二時間十分らしい。空港から街の中心部までは車で四十五分かかったが、現在建設中のリニアモーターカーが開通すれば、それが八分になるという。八分！　そんなことはあり得ない、と私は思うが、あるのかもしれない。なにしろ上海だから。街の中心をたっぷりした川が流れていて、川の中にながいながいトンネルがある。車で川を渡るとき、何度もそのトンネルをくぐったけれど、それはもう大げさじゃなくながいながいトンネルで、どう考えても川の幅を越えている。二度と地上に出られないんじゃないかと、通るたびに思った。それに、その川は水量が豊かでゆるやかに流れ、微笑んでいるといっていいような泰然自若とした風情で、周囲のけたたましさに似合わなかった。全然違う気配でそこに在った。嘘みたいに。

そうか、この街はいま嘘みたいな街なんだ、と思ったら、気が楽になって、小説を読むみたいに散歩ができた。実際、この街を歩くことは小説を読むことに似ていた。頁をめくるたびに、思いがけないものが展開する。

租界地のひんやりした静けさ、青い郵便ポスト、工事現場の塀にかかれた絵、「青色野菜《とうもろこし》」の屋台、スターバックス、洗濯物、パジャマ姿で歩いている人、宇宙船みたいな建物、砂埃、高層ビル、何十人もの花嫁花婿、紙吹雪、リヤカーを引く人、喧嘩、ガラスでできたバー。

そして、それらが嘘みたいであることを、人々が知って楽しんでいるみたいな妖しいパワーがあるのだ。たくましさと、熱烈さ、それにかなしさ、のようなもの。最新のスポットは飲食店のみならずブティック街まで夜が遅いため、午前中はのきなみ閉まっている。朝の上海は清朗な空気だ。喧騒も路上のゴミも、嘘みたいになくなっている。歩くときつい歩幅が大きくなってしまうのは、夜の繁華街が縁日みたいで、ぞろぞろとしか歩けないことの反動かもしれない。

パン屋さんだかお菓子屋さんだかわからないが、ともかくその種の店の前の舗道で、制服姿の従業員が十五人くらい、ずらりとならんで体操をしていたりもする。朝の体操は、法律で義務づけられているのだという。

すっきりと乾いた空気をすいこみながら、かつては邸宅であったはずのクラシックな建物のならぶ道を散歩して、図書室のようなお茶屋さんに入った。熱いお茶とバタークッキーをいただく。車の通る道に面しているのにこわいほど静かなのは、書物が余分な音をみんなすいとってしまうからだ。日ざしがたくさん入るところがいい。

菊地和男著『香り高き中国茶を愉しむ—中国茶入門』（講談社）によれば、盧《ロ》仝《ドウ》という詩人がお茶について、

最初の一杯は、喉と唇を潤す。
二杯目は、ひとりゆえの孤独さを忘れさせる。
三杯目を飲み腹の中を探れば、五千巻もの書物が貯えられている。
四杯目で軽く汗をかき、日頃の不平不満が毛穴から発散される。
五杯目で、肌と骨が清らかになり、
六杯目には、仙人になった気分になれる。
七杯目では、もはや食欲も失せ、
ただ両腋を、清らかな風が吹いていくのを感じる。

と詠んでいるそうだ。お茶は、たしかに心身の感覚を澄ませる液体だと思う。

店の奥に水槽――というか小さなプール――があり、そこにカメがいた。カメは長生きだと聞くけれど、そうだとすればその長い年月、この静かな店の日のあたるプールで、何を考えているんだろう、と考えた。

昼の街は長閑な風情だ。柵ごしに、玩具のころがった幼稚園を眺めたり、棚がほとんど缶ジュースで占められた、煙草屋みたいな雑貨屋を眺めたりした。

植物も力強い街だ。生き生きというのとも違う。埃っぽい空気の中で、あたりまえに茂っているという感じ。街中はプラタナスが多かった。空港からの広い道には、ポプラや笹や柳がたくさん植わっていた。笹も柳もゆさゆささらしていて印象的だった。

可笑しかったのは夜。街のあちこちに、小さな公園というか広場というか、木々の茂った空間があるのだが、夜になると、その木々が下から螢光緑にライトアップされるのだ。それは、ちょっとびっくりする眺めだ。だって植物の面目まるつぶれ。公園全体がかき氷のメロンシロップにどっぷりつかっているみたいに見える。その中で抱きあう恋人たちは、きっと水族館の魚みたいに見えるだろう。夜と昼と、全然表情の違う街だ。

お茶道具やアンティークの家具や、美しい布や仏像や、シックな美しさを持つ物がいまもあきらかに生活の中に根ざしているのに、一方ではやけにキッチュを好む人々。

ゆうべ、「M on the Bund」の屋上テラスから夜景を見た。まばゆく美しく、しかもファニーな夜景だった。もしこの街に住んでいたら、私はここからの眺めをいとおしく思うだろう、と思った。いとおしく思える夜景はすくない。無数の灯りが街を飾ると同時に眠らせていて、そこに人々の生活が抱かれてもいる、やさしい夜景だと思った。

そこからの眺めは、大通りをはさんで左側にクラシックで重厚な石の建物がならび、それらは白っぽい灯りで下からぼおっと照らしだされている。右側には川があり、川の周囲はけばけばしく派手派手しく色とりどりの電飾の海で、その川ぞいを、人々がラッシュアワーの駅にいるみたいな密度と速度でぞろぞろ歩いている。

「あそこに桟橋があって、日本からの船もあそこに着きます」

けばけばしい方の一点を指さして、コーディネーターの男性が教えてくれた。飛行機のないころは、じゃあみんなここに降り立ったのだ。この景色が——大変な様変りをしたとはいえ——上海に着いた人々の目に、最初に映る景色だったのだ。

このオールド・ビルディングは、いまのように外資系のホテルやビルが建ちならぶ前からこの街にあった、当時珍しかった外資系のオフィスビルで、屋上階にある欧米スタイルのバー・レストランには、ゆうべも欧米人の客が多くいた。

上海はそう大きな街ではないのに、とても大きな街に思える。大きな土地、という方がふさわしいかもしれない。植物や、川や、人々が、健やかというか力強いというか、押しも押されもせぬというか、たくましいから。

大地の豊かさは隠せないのだ。たぶん。いくら濃い味で料理をしても、この街で食べた野菜が一つずつ全部強くその野菜の味のする、野性的な野菜だったこと、隣のテーブルの羊肉なのに、息苦しいくらい羊の風味が漂ったこと、とそれは似ている。

食べ物は人をつくるのだ、ほんとうに。

旅をして、その土地のものをその土地で食べると、体がすこしその土地の人に近づく。

これは今回の旅行中の、食べ物にまつわる私のメモ。

・青島ビールが大壜でてきて、キリン一番搾りは日本で飲むバドワイザーみたいな壜ででてくる。

・上海ガニはしゃこみたいな食感。しみじみした味でおいしい。

・ブタのでんぶ素敵においしい。

・ウーロン茶は涼し気な色で、炒った節分の豆みたいな香ばしい風味がする。

・雪蛤というのはカエルの脂肪のこと。ココナツミルクに浮かべる。お金持ちの女性はツバメの巣で、お金持ちじゃない女性はカエルの脂肪で、コラーゲンを摂って美を保つ、といわれている。

・ガーデンレストランで食べた豚スペアリブのにんにく蒸し美味。スペアリブを骨ごと二センチ幅くらいにカットするとは、おそるべき包丁だ。

・中国梨は、緑色で楕円形。外皮ごと匂いをかぐとりんごの匂い。中はちゃんと梨の匂いなのに。

・かすかに甘い、肉入りあげパンが気に入った。八角の風味。

・乾燥させたスイカの種美味。これも八角の風味。
・きんもくせいのスープに入った白玉の中のごまあん、しゃりっとして塩気があってすばらしい。
・現代的なホテルのゴージャスなバーに、決まりみたいに色水（トロピカルな色あいの）が陳列してあって可笑しい。
・生クリームはまだ動物性じゃない。

「東京の景気はどう？」

いきなり声をかけられた。「Face」のマネージャーのアルバートさんだった。さっき挨拶をしたとき、なるほどこれが青年実業家というものか、と感じ入ったのだったが、青年実業家と景気の話をするのは私の手に余る。

「ごめんなさい。新聞ともテレビとも縁のない生活をしてるから」

私が言うと、アルバートさんは首をすくめ、どことなく憂いを含んだ表情――ずっとそういう表情なのだ――でワインを注ぎ足してくれながら、

「パリのルイ・ヴィトンに、いまも東京の若い女の子たちが行列してるかどうか、

だよ」

と言う。今度は私が首をすくめた。

「パリのルイ・ヴィトンにも行かないもの」

私たちはしばらく黙ってワインをのんだ。

「シンガポールの景気は？」

アルバートさんはシンガポール人なのでそう訊いてみたが、彼はさっきと同じように首をすくめて、

「ずっと帰ってないからわからない」

とこたえる。なんだかなぁ。

でも私には、彼の冷静さというかちっともテンションを上げないところが興味深かった。いまの上海っぽいと思った。華やかで勢いに乗っているのに、どこか投げやりで冷ややかだ。

小説の話を、アルバートさんとすこしした。『上海ベイビー』『上海キャンディ』『上海ビート』といった小説が、近年この街から続々と生れている。私は読んでいないのだけれど、アルバートさんは読書家であるらしく、ちゃんと読んでいた。こ

こは居心地のいい店だし、最新スポットでもあるので、そういった小説を書いた作家たちも、ときどき顔をだすらしい。

「酒とか、快楽とか、そういう小説だよ、わかるだろ」

アルバートさんはそう説明し、困ったように微笑んで、また首をすくめた。私もなんとなく困って、

「そう」

と言って、グラスにすこしだけ残ったワインを揺らした。

窓の外を、編集者とカメラマンとコーディネーターが、芝生を横切ってやって来るのが見える。機材を持っているから、建物の外観の写真を、おそらく撮っていたのだろう。ライトアップされ、雨と夕闇に浮びあがるこの建物は幽玄に違いない。

おもてにでると、空気がつめたく澄んでいた。もう夜が始まっている。

毎晩思うのだけれど、上海の夜風は気持ちがいい。人々がそぞろ歩きたくなるのもわかる気がする。ゆったりしたなつかしい風だ。この土地を流れたながい時間が、ちゃんとしみこんでいる。

あしたは東京に帰る日だ。

「今夜は何を食べましょうか」

雨上がりの、濡れた芝を踏みながら編集の女性が訊いた。嘘みたいなこの街は、おいしいものに事欠かない街でもある。

「なんでも」

すでにワインのまわっている私は、アルバートさんのまねをして、困ったように首をすくめてみる。


（「コスモポリタン」二〇〇三年一月号）

外で遊ぶ

かつて住んでいたその街について、なかでも風景と匂いと手触りについて、私の記憶が家族の誰のそれよりも鮮明であるらしいことは、実にまったく当然のことだ。私は子供であり、外で遊んでいたのだから。

外で遊ぶ！ 我ながら半ば驚き、半ばしみじみしてしまうのだけれども、もしもいま私がその言葉を口にすれば、聞いた人はまず間違いなく、私がバーにお酒をのみに行くと思うだろう。いまはそういう生活をしている。

あのころの「外」は文字通りの「外」、しかも「そのへん」だった。いろんなものを憶えている。灰色で、まるく高く聳え立っていた電話局の鉄塔。檜葉の垣根と立派な板塀に囲まれた家、その庭にあった枇杷《びわ》の木。夕暮れにブロック塀によじのぼって見た畑と、その隅にかたまって咲いていたすみれ。アスファルト舗装されたばかりの道の、匂いと熱さ、やわらかさ、濡れたような輝き。二軒あった文房具屋のうち、小さかった方の一軒は店じゅうに新しい消しゴムの甘い匂いがしている。そこの方がもう一軒よりも珍しい柄の千代紙を置いていたこと。和菓子も洋菓子も売っている駅向うのお菓子屋で、きまって売れ残るのが蘇芳《すおう》の花ほども濃いピンクに着色された「すあま」であったこと。近所にはじめてマンションが建ったときには、叱られやしないかとどきどきしながらエレベーターに乗り、屋上まであがった。樹にも土にも電信柱にも、道にも壁にも塀にも手で触った記憶がある。看板にも、路上駐車した車にも、よその家のガレージのシャッターにも、有刺鉄線にも、電話ボックスにも。

あのころ、外で遊ぶということは、街にじかに触ることだった。

（三菱地所「街物語」その一、「週刊文春」二〇〇五年四月十四日号）

所有する街

たとえば私にとってニューヨークは好きな街だし思い出のある街でもあるのだが、それは、かつてビリー・ジョエルを聴いて憧れたニューヨークとは別の街だ。一度も行ったことがないままにくり返し想像し、色や音や情景や状況、つまり物語まで心のなかにつくり上げてしまった街に、人は決して行くことができない。ジャック・プレヴェールの詩を読んで憧れたパリにも、クレイグ・ライスを読んで憧れたシカゴにも、だから私は行くことができない。悲劇的だ。行くことができないかわりに、でも、私はそれらの街を所有している。完璧な個人所有なので、私だけのものだ。おなじ本を読んだりおなじ音楽を聴いたりして、その場所に憧れた人がもし百人いれば、べつな街が百あることになる。所有する街。実際、人はみんなたくさんの街を、心の内に所有している。勿論それは憧れた街だけではない。住んでいた街、行ったことのある街、あるいはすでに死んでしまった誰かが、生きて笑っていたころのその街。

私の所有している街の一つに、かつて祖父母が住んでいた、静岡県の街がある。そこはいつも夏で、ぽってりと紅い夾竹桃が咲いている。何といっても特徴的なのはトタンの多さだ。白緑というのか乳緑色というのか、得も言われぬやわらかな色のトタンが、近所の家々の、塀にも屋根にも壁にも使われている。日なたと日陰が妙にくっきり分かれていて、その温度差も、びっくりするくらいだ。大きな材木屋さんが一つあり、おもてからも材木のすべらかな肌と均一なかたちが見えてうっとりする。そこに行くことはできないとしても、一度所有した街を、人は決して失わない。

（三菱地所「街物語」その二、「週刊文春」二〇〇五年四月二十一日号）

でかけて行く街

気に入ったレストランのある街に住むとは限らないが、気に入ったレストランのある街にはでかけて行く。私には、それが愉しい。勿論、いいレストランのあるその街に住んでいる人も、通勤している人も、通学している人も、いるだろう。でも、私にとってそこは、気に入ったレストランに行くためにでかける、それだけのために存在する街だ。

夜で、大通りには車が、歩道には人がたくさんいる。ショウウインドウに飾られた服や靴や装身具。すれちがう人々の声やコートや煙草のけむり。音楽や喧噪。小さなビル、大きなビル。幾つもの看板、ひときわあかるい光と匂いをこぼしているファストフード店。一日の仕事を終えた見知らぬ人たちの急ぎ足、そろそろ店じまいしようとしている花屋さんとかパン屋さんとか。

冬には冬の、ひきしまった外気の匂いがし、夏には夏の、しっとりと濡れたような夜気の匂いがする。街灯も店のあかりもふんだんにあるので、月は、でていたとしても目立たない。目立たないけれども、見上げればすぐそこに、ぽっかりとまるく浮かんでいたりする。

そういう街を、うれしい気持ちで私は歩く。お腹がすいていて、喉も渇いていて、あとほんの少しで、その両方を満たす場所につくことがわかっている。

私にとって、その街にはいいものしかない。美しいもの、愉しいこと、おいしいもの、愉快な時間、いい人たち——。

住んでいる街や、働いている街、あるいは自分の生まれ育った街、とはそこが決定的に違う。いいものだけがある街、愉しいことだけがある街、うきうきする、賑やかな、そしてたくさん笑える——。そんな驚くべき街が「でかけて行く街」だ。

（三菱地所「街物語」その三、「週刊文春」二〇〇五年四月二十八日号）

街なかの友人

電信柱によりかかっている黄色いモノ、について書こうと思う。

それはあちこちにあるのだが、生れ育った街ではじめて見て、以来最近になるまでずっと、何だか知らないまま強い親近感を抱いていたものだ。電信柱という大きくてどっしりしたものの横に、ほっそりと斜めに立っている。まるで依存するみたいに。

黄色いモノなしで立っている電信柱はたくさんあるが、電信柱なしで立っている黄色いモノは見たことがない。子供だった私は、その頼りなさというか自立していない心細さのようなものに、自分を重ねていた。

歩いていてそれを見つけると、自然と足がすいよせられ、ばん、と音をたてて片手でたたくように触った。友人の肩にするみたいに。黄色いモノは合成素材でできたカヴァーなので、ぱこん、とした、やや間のぬけた感触だった。表面はなめらかで、電信柱のように固くも冷たくも堂々としてもいなかった。

それに触ると安心した。街という未知の世界で、自分の同類を見つけた気がした。電信柱によりかかっている黄色いモノ、が、実は電信柱を支えるケーブルであると知ったのは、つい最近のことだ。ではそれまで何だと思っていたのか、と訊かれても答えようがない。すでにそこにあるもの、つねにそこにあるもの、として、あまりにも見馴れていて、それが何であるのか、考えたこともなかった。

一度気がついてみれば、街には、見馴れているのに何だかわからないものがたくさんあり、調べようと思っても、何しろ何だかわからないのでどうやって調べればいいのか、どこに問合せればいいのかわからない。わからないまま、ただそこにあるのだ。私はそれらを、いまでもすこし、街なかの友人だと思っている。

（三菱地所「街物語」その四、「週刊文春」二〇〇五年五月五・十二日号）

弦楽器の音のこと

一つだけそこにある物を視覚でとらえた場合、私には、大きさの感覚が欠落している。常識的な判断基準というものを、私の頭が備えていないせいだと思う。たとえば、誰かがダイヤモンドの指輪をつけていたとして、私はそれを、「まあ大きなダイヤモンド」と言うべきなのか、「あら小さくてかわいらしいダイヤモンド」と言うべきなのか、わからない。

ついこのあいだも、新木場の先にある埠頭にでかけ、港に出たり入ったりする船や、沈む夕日、東京湾ごしの富士山、ぽつぽつとあかりの灯ったビル群やら観覧車やらを眺めていて、一緒に行った友人たちに呆れられることがあった。海をはさんだ向い側が羽田空港で、そこに着陸しようとする飛行機が、すみれ色の夕闇を静かに、低く、翼灯をきらめかせながら飛ぶのが見えた。ちょうどラッシュの時間帯で、飛行機たちは順番を守ってきちんと一機ずつ、滑るように現れては消えていった。その様子があまりにきれいで愛らしく、私はしばらく見惚れていた。

「あら、あの飛行機は真っ暗だわ。翼灯が一つもついていない」

私の発言に、一瞬みんなが黙った。そして、なかの一人が言った。

「江國さん、あれはカモメです」

さすがに恥ずかしくて言えなかったが、私はそのとき心の中でこう思った。そうなの？　でも、間違えるのも無理はないわ。だっておんなじ形だもの。

飛行機とカモメが並んでいれば、勿論私だって間違えたりしない。大きさの違いが一目瞭然だからだ。でも、どちらか片方だけが空に浮かんでいる場合、それがカモメほどの大きさなのか、飛行機ほどの大きさなのか、私には判断がつかない。

中学生のころ、友人の部屋に遊びにいって、

「まみちゃん、ヴァイオリン習ってるの？」

と、私は訊いた。まみちゃんと私は、小学生のころに一緒にピアノを習った仲だった。まみちゃんは、心底びっくりしたように目をまるくして、

「香織ちゃん、これはギターだよ」

と、言った。一応つけ加えておくと、ギターはケースに入っていた。ケースからでていれば、もしかするとわかったかもしれない、と、書いておく、一応。

さて。これが私の視覚における欠落点であり、おまけに楽器にはまるでくわしくない。音楽は好きなので、コンサートにもよくでかけるのだが、オーケストラを見ても楽器の名前を全部は言えない。弦楽器の場合、ヴィオラの外見がわからないと思う。笛の類はさらにわからない。横形だとみんなフルートに見えるし、縦形だとみんなオーボエに見える。

それなのに、なのだ。目をつぶり、音楽が始まる。するとほんとうに鮮やかに、一つ一つの楽器からこぼれる音がわかるようになる。静かな立ち上がり、これはヴァイオリン、ああ、そこにヴィオラ、ほんのすこし遅れてチェロ。最初は低く、リズミカルに刻まれるチェロの音が、あるところからふくよかにふくらんで、高い音域をやわらかく奏でる。そのときにヴァイオリンとヴィオラのつくる、軽やかでいながらわずかに湿度を保った旋律。

不思議だなあと思う。チューバとサックスの違いは、見てもわからないけれど聴けばわかる。トランペットとトロンボーンも、クラリネットとオーボエも、チェロとコントラバスも。

とくに私はコントラバスの音が好きで、曲をハミングするときに知らないうちにまぜる癖があり、何をハミングしているのか誰にもわからない、ということがよくある。文字で書きあらわすのは難しいのだけれども、たとえばモーツァルトのヴァイオリン協奏曲第三番ト長調の、たぶん有名であろうあの旋律――ヴァイオリンによる、なめらかな、たらたったたったたったー、たらたったたったたったー、のくり返し――を、私がハミングすると、たらぶんぶんぶんぶんたー、たらぶんぶんぶんぶんたー、になる。ぶんぶん……の部分にはメロディがないので、当然ながら私のハミングが、「ほらこういう曲、あるでしょう、モーツァルトの、何だっけ」という言葉のあとになされたものだとしても、相手にはさっぱり伝わらない。

でも、そのとき、私のなかには主旋律のヴァイオリンが軽やかに響き渡っているので、たらぶんぶんぶんぶんたー、で十分に実物が再現されている気がし、ときとして、「どうしてわからないの？　ほらこういうやつよ、よく聞いて」とくり返す、気のふれた老女みたいなふるまいになってしまう。

音楽には、目には見えない場所で、あまりにもいきいきと立ちあがる性質があるのだと思う。

それから――。

私は普段、仕事中に滅多に音楽を聴かない。たまには聞くが、それはヴォーカルの入っていないものに限られ、楽器の数のすくないものがいい。なかでも弦楽器は要注意、ということになっている。

琴線に触れる、という言葉が端的に示しているように、弦楽器の音は人の気持ちをかき乱しやすい。不用意に聴くと、いたずらに動揺させられる。言葉を使って仕事をしているときに、言葉以外の領域で何かに触れられるのは困るのだ。だからたいていピアノ曲を選ぶ。

ただし近所で工事をしている場合は別だ、ということを、すこし前に発見した。これは個人的には大発見だったのだが、騒音、というほど大きくない工事の雑音によって、弦楽器の持つ緊迫感にちょうどいい風穴があくのだ。たとえば、仕事中に（あるいは他の日常の場面で、つまりコンサートホール以外の場所で）聴くには情感の豊かすぎるヨーヨー・マのチェロのアルバムも、真昼の遠い工事の音と重なると、部屋の空気に不思議なあかるさをもたらす。

発見してすぐに幾つか試したが、その状況で、いちばん劇的な効果を発揮したのは、映画「読書する女」のサウンドトラックCDだった。これはすべてベートーヴェン。八曲中二曲がピアノソナタで一曲が交響曲だが、残る五曲はヴァイオリン曲およびチェロ曲であり、それらの楽器特有の、明晰さとふくよかさ（テンポの速いヴァイオリンの音は、ハモニカの音に似てふくよかだ）をもって部屋に満ちる。普通なら、その振幅のいちいちに胸がどきどきしてしまう。それが音楽の魔力なのだから仕方がないといえばないのだが、そこに一たび工事の雑音が加わるとその同じ音楽が、何とも言えず日常的になるのだ。空間が普段着になり、肩の力が抜ける感じ。安心して、満ちるに任せておける感じ。

近所の工事が終わったときにはがっかりした。またどこかで始まるといいな、と、思っている。

（「弦楽ファン」二〇〇六年冬季号）

子供の周辺（一）

夏で、その船の上にはたくさんの人がいた。男も女も、大人も子供も。日ざし、水しぶき、エンジンの匂い、跳ねるトビウオ、クーラーボックスのなかの缶ビール。私たち――というのは船の持ち主である男性作家と、その友人知人、そのまた友人知人――は瀬戸内海をクルーズしていた。十数年前のことだ。海の上には道がないので、どこまでもどこまでも水で、午後はながく、まぶしく、暑く、美しくも気怠かった。

いい旅だった。船の上で昼寝をしたり、お酒をのんだり、話してもよし、黙っていてもよし、みんな好きにしていればよかった。でも、私は内心ひやひやしていた。子供たちも好きにしていたから。

一体、子供たちのあのエネルギーというものは、小さな体のどこにあんなに蓄えられているのだろう。息をきらして走りまわる、果てしなく喋る、また走りまわる、笑う、泣く、ときに奇声をあげる、そしてまた走りまわる。

私は彼らから目が離せず、お願いだから、とばかり思っていた。お願いだから、ちょっとじっとしていて。だって、海の上の船の上なのだ。その危なっかしさに、私は何度も息をのんだ。就学前の小さな子が、船べり(本当に外側で、一歩踏みはずせば海!)を走ったりする。私はひやひやし、はらはらし、正直に言えばすこし苛々もした。なぜ誰も止めないんだろう。「叱ったらいかんよ」そのとき、舵をとっていた船の持ち主である作家が、ふいに言った。前を向いたまま、私の方は見ずに、ぶっきらぼうな小声で。「心配するのが嫌だからって、叱ったらいかんよ。見てたらいいんだから。ちゃんと見ていて、落ちたら助ければいいんだから」

見透かされた。私はぎょっとした。そのとおりだ。そして、まるで五歳の子供が大人を見るみたいな気持ちで、彼を見つめた。

(JT「おとなの羅針盤」「週刊新潮」二〇〇六年八月十日号)

子供の周辺（二）

子供会議だったか子供フォーラムだったか名称は忘れてしまったが、子供たちが舞台にあがって意見を言う、という催しを見学に行ったことがある。その日のテーマは「大人と子供とどっちが得か」で、私は、子供たちが当然「大人が得だ」と主張するものとばかり思っていた。大人は夜に外出することもできるし、お酒をのむこともできる。好きなときに好きなものを買えるし、お休みの日にパソコンばかりいじっていても、叱られない。子供たちにはできないことが、大人にはたくさん許されている。

ところが、なのだ。そこにいた小学生たちは、一人残らず「子供が得」に手を挙げたのだ。曰く、「だって大人は仕事をしなきゃならないでしょ」「いろいろ辛いこともあるし」「住宅ローンとかもあるし」「子育てが大変だし」。

私は客席で絶句してしまった。子供たちの言ったことは確かに全部事実だ。でも、みんなほんとうにそんな風に思っているのだろうか。誰がそう教えたの？　私は子供たちが気の毒になってしまった。だって、彼らはいずれ大人になるのだし、そのことを知っているはずだ。楽しいのは子供のうちだけで、大人になったら辛いことばかり増える、と思いながら大人になるなんて最悪ではないか。

子供のころ、私の周囲には楽しそうに見える大人がたくさんいた。徹夜で麻雀に興じたり、賑やかにお酒をのんだり、子供は食べさせてもらえない肴を食べたり、風変りな服装をしたり、好きなだけ映画を観たり。彼らだって勿論「仕事」をしていたし、「ローン」も「子育て」もあったはずだ。でも、人生を楽しんでいた。大人には大人の世界がはっきりとあり、私はそれに憧れていた。大人はいいなあ。子供に、そう思わせることのできた彼らは恰好よかった。

（JT「おとなの羅針盤」「週刊新潮」二〇〇六年八月十七・二十四日号）

遠慮をしない礼儀

レストランなどでお金を払うのが自分ではない、とわかっている場合、好きなものを選びにくい。たとえば仕事上の会食で、全員が同じコース料理を食べるようなときには問題はないのだが、「何でもお好きなものを」と言われてメニューを渡されると困る。ワインリストなど差しだされた日には、さらに困る。高価なものを注文するのは不遠慮だし、かといっていちばん安いものというのもまた、相手を見くびっているみたいだったり、この食事への期待とか愉しむ意気込みとかが薄いみたいで、失礼かもしれないし……と、心が千々に乱れる。ゲスト用の、値段のついていないメニューというのもあるにはあるが、それでもだいたい見当はつくではないか。

ご馳走になるときに金額など気にするのはお行儀の悪いふるまいだ、と承知してはいても、やはり気になってしまう。気にすることは必要だが、気にするだけなら子供でもできる（というか、子供の方が気にする）、ということを、教えてくれた人がいる。

ある作家にご馳走になる席で、その人は、金額的には非常に不遠慮に、好みのワインを選んだ。ちなみにその人も作家だ。いたずらっぽく目を輝かせ、とても愉快そうに、「これがいいな。うん、これにしましょう。おいしいかもしれないから」と言った。「高いなあ」ご馳走してくれる作家は言ったが、あきらかに嬉しそうだった。「そうですか？　じゃあやめましょう」「何でやめるの？」「じゃあ、やめるのやめましょう」漫才みたいなやりとりに、テーブルじゅうがどっと笑った。

相手にできるだけ負担をかけたくない、と言えば聞こえはいいが、大抵の場合、それは不遠慮だと思われたくないという、子供じみた保身だ。何でも好きなものを、と、もし心から言われたら、遠慮は無用が大人の礼儀だと、私は思う。

（JT「おとなの羅針盤」「週刊新潮」二〇〇六年八月三十一日号）

かわいそうにという言葉

子供のころ、風邪をひいて熱をだしたりしたときに、「かわいそうに」と、父に言われることがあった。顔をしかめ、いかにも痛々しいものを見るように私を見て、父は悲しげにその言葉を発音した。「かわいそうに」。そこには、たとえ自分の娘であっても、別の肉体であり別の人格であり、手出しできない別の生命である、という認識が働いていたように思う。ある種の距離感、とでも言うべきものが。

父が風邪をひいても、私は「かわいそうに」とは言えなかった。子供に使える言葉ではなかった。でも、私は考えてしまう。いくら何でも自分を子供だとは考えられない年齢になって、もしもいま父が生きていたら、そしてたとえば風邪をひくなり怪我をするなり、何らかの災難にあったら、私はその言葉を口にするだろうか。

父は、新聞やテレビで、理不尽だったり残酷だったりする事件・事故のニュースを知ったときにも、ときどきその言葉を口にした。

かわいそうに、というのは危険な言葉だ。へたをすると軽々しく、表面的に聞こえかねない。あるいは不遜に。あなたは辛いが私は違う、という距離感のせいかもしれないし、私にはどうすることもできない、という、一見冷淡にも見える諦念のせいかもしれない。

それはそもそも相手をなぐさめるとか、勇気づけるとかのために発せられる言葉ではないのだ。誰かのためにではなく、口をついてでる言葉、距離感と諦念のもたらす悲しみの吐露。ナントカデキルモノナラシタインダヨ。オトナトシテハネ。

かわいそうに、という言葉を、せめて誤解を恐れずに吐けるようになりたいのだけれど、いまのところ、私がそれを使えるのは、恋愛の相手と妹と飼犬に対してだけである。

（JT「おとなの羅針盤」「週刊新潮」二〇〇六年九月七日号）

豆のすじ――作家の口福　その一

雪も降ったし、寒い三月だなあと思っていたら、ここ数日で、ちゃんと暖かくなった。おとといは、今年に入って初めてコートなしで近所に買い物に行ったし、きのうは、半袖のTシャツ姿の男の人が、膝に犬をのせてカフェで寛いでいるのを見た。

ここ数年、春になると思うことがある。それは、絹さややさやいんげんの、すじのこと。すじが、減っている気がするのだ。豆のさやからすじを取り除くのは、季節を感じるたのしい作業だ。てっぺんを、絹さやならくきっと、いんげんならぱしっと、すこしだけ折り取って、そのまま下に、するするっと剝きおろす。すじが、半透明の緑色の極細のりぼん状になって、ときにくるくるっとカールして、剝ける。片側はしっかりと、もう一方はくもの糸みたいに頼りなく。

すじが途中で切れてしまうと、続きを剝くのに――というか、切れ端をみつけるのに――苦労する。最後まですっきり剝けると気持ちがいい。豆のさやのすじ取りは、鰹節を削ることや大根をおろすこととならんで、子供にもできる「お手伝い」だった。台所から母に呼ばれ、行くと大抵それだった。力の要る鰹節削りや大根おろしと違って、コツをつかめばきれいにできるすじ取りが、私は好きで、得意だと思ってもいた。

それなのに、なのだ。最近、すじが上手く取れない。くきっと、もしくはぱしっと、てっぺんを折り取っても、すじが出現しなかったりする。出現した場合でも、それはあまりにも華奢で儚く、大抵途中で切れてしまう。切れたら二度とみつからない。しだいに悶々としてくる。それでも、作業を途中でやめるわけにはいかないので最後まで続ける。さらに悶々となる。ああ、するするっと剝きたい。するするっと剝きたい。でも、剝けない。

不思議なのは、すじが十全に取れなくてもたべたとき口にさわらないことで、品質改良されたのだろうか、と疑ってもみるけれど、もしそうなら「すじ取り不要！」とか「そのままでもやわらかい」とか、かまびすしく謳いそうなものだしなあ。

私が不器用になったのだろうか。もともと器用とは言い難いのに？　謎だ。でも、春は緑のものがおいしい。だから私は見えないすじを取り、絹さやを炒めいんげんを茹で、すじは取らないが豆ごはんを炊く。

（「朝日新聞」二〇一〇年四月三日）

インド料理屋さん――作家の口福　その二

三カ月か四カ月に一度くらいの割合で、でかけるインド料理屋さんがある。インド料理屋さんにありがちな、豪華絢爛、もしくはキッチュな内装ではなくて、シンプルかつシックな佇まいの店で、静かなことがまず気に入っている。

そこのタンドリー・チキンは絶品で、一度知ってしまうと他の店のそれはたべられなくなるほどだし、スパイスのきいたシーク・カバブもすてきにおいしい。こっくりしたカレーはどれも滋味豊富な味がする。最初は甘いのにたちまち汗ばむ辛さのチキン（もしくはエビ）バンダルーとか、新鮮な風味のするなすと生スパイスのカレーとか。焼きたてのナンがまたおいしくて、バターのきらめく熱々を、私は何もつけずにまずかじる。

どの料理もひっそりと味がよく、味覚だけではなく身体全体が、陶然となるのが自分でわかる。

小さい店で、インド人のおじいさんが一人でやっている（すこし前まで、おそらく奥様だろうと思われる日本人の女性がいたのだが、ここしばらくお店にいない）。このおじいさんが、何ともいえずいいのだ。物腰も言葉つきもやわらかく、笑みにはつねに含羞がある。万事控え目で上品で、商売っけというものが全く感じられない。大丈夫か？　と思うくらいおっとりしている。やんごとない、というか、悠揚せまらない、というか、ともかくどこかが決定的に優雅なのだ。

ごく最近、私はその店ではじめてお手洗いに入った（子供じみた話だけれど、私は自宅以外の場所でお手洗いに入るのが苦手で、だからたとえよく行く店でも、お手洗いがどんなふうかは知らない場合が多い）のだが、きわめて清潔だったその個室の、壁の貼り紙に書かれた文章を読んで、胸打たれた。そこには、たおやかな手書きの文字で、こうあった。「備えつけのトイレットペーパー以外のものは、お流しになりませんように。また、あやまって物を落とされた場合は、御遠慮なさらず、お慌てにならず、水を流す前に店の者にお申しつけ下さい」

なんて美しい日本語だろう。

私はしばし見惚れた。「御遠慮なさらず、お慌てにならず」。いたわりに満ちた言葉だ。注意書きなのに、お礼を言いたい気持ちになる。そして思った。料理には、やっぱり人品骨柄が滲みでるのだ。厨房でのおじいさんの実直で丁寧な仕事ぶりと、貼り紙の日本語の美しさ、豊かさと上品さ、は、絶対につながっている。

（「朝日新聞」二〇一〇年四月十日）

お粥――作家の口福　その三

お粥が好きで、よくたべる。お粥はほんとうに奥の深いたべものだと思う。お米と水の割合は勿論、炊く時間、お鍋の種類、火加減などによって、味も食感もちがうふうにできる。

佃煮やお新香や薬味、ちょっとしたおかずがあれば白粥もいいのだが、私がお粥を作るのは大抵一品だけで簡単にたべたいときで、だから青菜粥（かぶの葉っぱがいちばん好きだが、三つ葉、香菜、レタスなど、青いものなら何でもよくて、胡瓜を使うこともある）にしたり、ねぎと生姜と鶏肉で中華粥にしたり、トマトと玉子のお粥にしてみたりする。茶粥や小豆粥もおいしい。

私の育った家では、七草粥に白砂糖をかけてたべた。人に言うと驚かれるが、お鍋に砂糖を入れるのではなく、茶碗によそったお粥にぱらぱらっとかけるのであり、感じとしては、砂糖が溶ける前に口に運ぶ。塩とおなじ役割を、砂糖がする。塩も合うが、砂糖も合うのだ。このお粥には、七草のほかに白くとろけたおもちも入っていた。

随分前だが、イギリスのホテルの朝食メニューに、ウイスキー・ポリッジというものを見つけたときにはびっくりした。ウイスキーのお粥？　それも朝食に？　お粥好きとしては見すごしにできない。好奇心に駆られて注文してみると、それはものすごく甘い、ライス・プディングのようなものだった。ウイスキーの風味はちっともせず、ホットミルクの風味がした。全然お粥じゃない、と思ってがっかりしたが、ポリッジとお粥は、たぶんそもそもべつなものなのだろう。

先月はニューヨークで、とびきりおいしいお粥をたべた。チャイナ・タウンのはずれ、ほとんどノリータ地区にあるその店は、青やピンクのネオンがまたたき、派手というか西部劇的というか、足を踏み入れるのにすこし勇気の要る佇まいだった。でも、味は！　目をみはるおいしさだった。私の注文したのは青菜粥だったが、いわゆる青菜のほかに、銀杏、くわい、ヤングコーン、人参、ねぎ、絹さや、グリーンピースが入っていた。どの野菜もそれぞれの歯ごたえが感じられるように、ちょうどいい具合に火が通っていた。

「わあお」

私がそのとき発した声は、ひらがなで表記する以外にない声だっただろうと思う。

おいしいものをたべると、声も弛緩するから。

お粥はシンプルな料理で、だからこそ素人と玄人の差が、嬉しく歴然とするのだ。

（「朝日新聞」二〇一〇年四月十七日）

ほめ言葉——作家の口福　その四

ほめ言葉というのは大抵お世辞というか心遣いだし、たとえ本心だとしても返事に困るものだと思うので、言うのも言われるのも苦手なのだが、私には、言われたい——というか、率直に言ってねらっている——ほめ言葉が一つだけある。

贅沢なかただったんですね。

というのがそれだ。なぜ過去形かといえば、私がこれを言われたい相手はこの世に一人しかいなくて、それは火葬場で私の骨を、解説つきで壺に納めてくれる人。身近な人を何度か見送ってきたので、火葬場の最前列で、その都度解説を聞いた。「立派な体格のかただったんですね」とか、「お骨《ほね》がきれいです」とか、ひとことほめてから解説は始まる。これがどこそこの骨です、とか、喉仏がなぜ喉仏と呼ばれるかというと、とか。無論、亡くなった人を悪く言うわけにはいかないから、良い点を探してほめてくれるわけだが、私はその人（壺に納めてくれる、係の人）を本心から驚かせたい。できれば最初に息を呑み、それから目を細めて微笑んで、こんなふうに言ってほしい。

「贅沢なかただったんですね。ええ、お骨《ほね》を見ればわかります。栄養がいきとどいています。新鮮な魚や肉を、たくさん召し上がってこられたんですね。好物はかわはぎ、小鯛、それにのどぐろあたりでしょうか。それにしてもこの白さ。なかなかいらっしゃいませんよ、こんなお骨のかたは。尋常ではない量の果物を召し上がったんですね。メロン、西瓜、桃、ぶどう、梨。お骨の一つ一つがみずみずしい。こんなにつやつやしているということは、いいお酒をのまれてきたんですね。悪いお酒ではこうはなりません。いいえ、いいお酒というのは銘柄ではありませんよ。豊かで愉しい時間、と言うんでしょうか、お骨にはそれがしみこむんです。生前、御本人様はお気づきじゃなかったでしょうが、お骨は嘘をつきません。ええ、一般のかたにはおわかりになりにくいかもしれませんが、私共にはわかります。鉄分の豊富な、レバーやホウレン草などもよく召し上がっていますね。たぶん……バターもお好きだったんじゃないでしょうか。いやあ、いいお骨を拾わせていただきました。

私、もう長いことこの仕事をしておりますが、こんなに幸福そうなお骨は見たことがありません」

いつのことかはわからない。でもいつか、その日がきたら私はほんとうに、ほんとうにそう言われたい。だからきょうも全力で、おいしいものをたべるのです。

（「朝日新聞」二〇一〇年四月二十四日）

旅のための靴

春に注文していたショートブーツが、きのう届いた。深緑色のショートブーツで、紐できっちり編み上げるようになっている。注文をしたのはもう何カ月も前で、だからすこし忘れていた。約束した原稿や、なぜか一どきにくるゲラや、連日の暑さで庭の植物が枯れかけていることや、開封もできずに積み上げてある郵便物、連絡しますと言ったきりになっている人たち、埃と犬の毛があちこちにかたまっている家じゅうの床、切れたままの電球、いつ一緒にごはんが食べられるの、という母からの電話、たまっていくメイルの返信、なくなりかけているドッグフード、ファックス用紙、ついでにインクカートリッジも、といった日々のあれこれを、せめてその一部でもこなしつつきょう一日を終えることで手いっぱいで、玄関の呼び鈴が鳴って箱が届いて、ハンコを押してそれを受け取ったとき、自分が靴屋さんで何を買ったのだったか、具体的には思いだせなかったのだ。

がっしりした編み上げ式の、つやつやした革の、暗い深緑色のショートブーツ。箱からだすと、それはかしこい生きもののように見えた。こんなところにいるはずのない野生動物のように。

そして私は思いだした。お店でこの靴を見たとき、これをはいて土の上を歩きたいと、強く烈しく思ったのだった。どこか遠い場所がいいと思った。黒々とした土の上を、落ち葉を蹴り上げながら歩けるような場所。いつだったか妹とでかけたスウェーデンの森をなんとなく思い描いていたのかもしれない。あるいは、一人きりで仕事の用事ででかけ、すこし淋しかったカナダの、朝の散歩で歩いた広々した公園の木々を。

ああ、旅のための靴だ。

そう思い、迷わず買った。

靴の入っていた箱を、私は廊下であけたのだけれど、靴をだして見入っているときその廊下は、埃と犬の毛がからまり、あきらかに掃除を必要としている見馴れた我が家の廊下ではなくて、見知らぬ場所のように思えた。戸外こそが私たち（私と靴）のいるべき場所で、この家は仮の宿だという危険な気持ち。

〝私はここにとじこめられているつもりはない〟私ではなく靴が、そう言っていた。

「見て」

私はその場で靴をはき、ばたんばたんと足音をたてながら居間に入って夫に言った。日曜日の午後で、家にいた夫は（たぶん靴音に驚いて）起き上がり（基本的に彼はつねに横たわっている）、

「ごつい靴だね」

と、言った。

「買ったの？」

「うん」

私は、ばたんばたんと音をたてて、部屋のなかを歩いてみせる。

「これをはいて旅に出るから」

宣言した。夫が、

「どこへ？」

と訊くまでに、しばらく間ができた。

ってていたのだ。

「どこへでも！」

私は勢いよくこたえる。旅のための靴をはいているせいで、気持ちまで力強くなっていたのだ。

「箱根？」

夫が唐突にそう訊いたとき、私はボストンもいいなと考えていた。大きな樹木の多いボストンの空気は美しいし、寒い日ならクラムチャウダーがおいしい。そのあとはジントニックとシーフード。たとえば巨大であっさりしたアメリカンな舌ビラメ。バターソースではなく塩だけで食べる。

「箱根？　どうして箱根なの？」

ふいをつかれ、私はぽかんとしてしまう。けれどすぐにわかった。それだ。箱根には山があるし木々がある。それにバスが。クルマの運転ができない私は、箱根に行くといつもバスで移動する。一目瞭然なのだけれど、この靴には、電車より飛行機よりバスが似合う。がっしりと厚い靴底で、あの銀色のステップを踏みしめ、数字の印刷された紙きれを取るところを想像し、私はほとんど歓喜した。

旅先で、人と靴とは一心同体だと思う。旅の魅力の一つが日常から——原稿から、ゲラから、切れた電球から、郵便物から、埃と犬の毛から——切り離されることだとすると、一時的にであれ日常のすべてを失った私に、残っているのは身につけたものと旅行鞄の中身だけなのだから。

旅では、記憶や知識や体力や社交性といった目に見えないものも含めた、手持ちのものだけがその人を支えてくれる。私はそれが好きなのだと思う。そのことの安心とわかりやすさが。

そういうわけで、私は深緑色のブーツをはいて、秋に箱根に行くことにした。「箱根なら近いから」、夫もついてくるという。

（初出誌不明）

蕎麦屋奇譚

仕事場として借りているマンションから自宅までは自転車で三十分の距離で、私が漕いで三十分ということは、一般的には二十分の距離なのだろうと思われるのだが、すこし前に離婚をして以来、その二十分の距離が遠い。誰もいない家に帰ることが恐ろしく、仕事場に泊り込むことが多くなった。夫の不在は、かつて彼の存在がそうであったのとおなじように、私を苛んでいる。

十月の終りだというのに台風が近づき、朝から陰鬱な雨が降っていたその日も、私は仕事場に泊ることにして、近くの蕎麦屋に歩いて夕食にでかけた。住宅地のなかにぽつんとある、瀟洒な造りの一軒家のその店は、味もいいし落着けるので、以前からときどき利用していた。

けれどその夜は、いろいろなことがすこしずつ、それまでとは違っていた。まず、混むはずの時間なのに私の他に一人も客がいなかった。入口横に設えられた、ガラス張りの蕎麦打ち部屋も無人で、電動の、粉碾き用の石臼だけが、シャーッ、シャーッとつめたい音を立てて回っていた。そして、見たことのない若い女性店員が、妙に丁寧な言葉と物腰で迎えてくれた。

「お足元の悪いなか、ようこそいらしてくださいました」

「こんばんは」

私は言い、雨に濡れた庭の見える広々した席に、一人で坐った。

「壜ビールを一本と、ざる豆腐、それに板わさをください」

渡されたおしぼりを使いながら言うと、女性店員は恥かしそうに、

「そんな、とんでもございません」

とこたえる。私が彼女をほめたか何かしたみたいに。わけがわからずぽかんとしていると、彼女は奥にひっこみ、ビールとグラスを持ってきてくれた。

よかった、注文はちゃんと通じたんだな、と思ったとおり、じきにざる豆腐と塩が、次いで板わさが運ばれてきた。白いものばかり注文してしまったことに気づいて苦笑する。このあと普通のせいろにするか、寒くなってきたので鴨せいろにする

か、悩むところだった。雨は全く止む気配がなく、暗い庭の木々の葉という葉をまんべんなく打ち、濡らし、ふるわせている。

「お待たせいたしました」

声がして、またざる豆腐と板わさが運ばれてきた。

「あれ？　もういただいてますけど」

私が言うと、女性店員は微笑んでうつむき、

「かまいません」

とこたえてお辞儀をする。ざる豆腐は小ぶりだし、かまぼこも四切れなので、たべられないことはなかったが、へんなの、と思ったことは思った。

「お待たせいたしました」

すると、またおなじものが運ばれてきた。びっくりした私は何も言えなかったが、次におなじものが運ばれたときには、

「ええと、これ、何人前？」

と訊くことができた。

「おそれいります」

彼女はたおやかな所作で、深々と頭をさげる。

「こんなにたべられないと思うんだけど」

「ありがとうございます」

「まだでてくるの？」

「どうぞごゆっくり」

らちがあかない。そうするうちにテーブルは、ざる豆腐と板わさと塩の小皿で埋めつくされた。これでは、お蕎麦にはたどりつけそうもない。そう観念した私は、冷酒を一合頼んで（その注文はすぐに通じた）、豆腐とかまぼこに専念した。しかしそのあいだにも、彼女はおなじものを運び続ける。空いた皿を片づけては新しい皿を置き、置ききれなくなると隣のテーブルにならべる。一体何皿たべただろう。ほとんど意地だった。というより、混乱のあまり全力でとりくんでしまった。塩でたべるなめらかな豆腐も、ねっとりしたわさびの添えられたかまぼこも、おいしいことは、とてもおいしいのだった。おもての雨音と、石臼の回るシャーッ、シャーッという音だけが耳につくその静かな店のなかで、私は自分の身体がすっかり豆腐とかまぼこになった気がするまでたべた。

「ごちそうさまでした」

箸を置いて言った。

彼女はレジスターのところに行くと、伝票を持って戻ってくる。金額は、ふつうに一人分だった。

ガラリ戸をあけておもてにでる。彼女に見送られながらビニール傘をひらき、湿った夜気をすいこんだ。なぜか可笑しさがこみあげ、清々しい心持ちがして、私は、ひさしぶりに自宅に帰ろうと思った。自分の家なのだから、堂々と帰ればいい。郵便物がたまっているだろうし、部屋の鉢植えに水もやらなくてはならないはずだ。

（「すばる」二〇一四年一月号）

エペルネーのチューリップ――春

いつだったかフランスの北を旅したときに、エペルネーという町のホテルの窓から、美しい庭が見おろせた。美しいといっても、とりわけ広いとか凝った造りだとかいうわけではなくて、小ぢんまりとした、素朴な、でも手入れのゆきとどいた庭だった。実際に肌で触れれば、やわらかいという形容はあてはまらないかもしれなかったが、部屋の窓から見おろす限り、たっぷりと水を撒かれたばかりの芝生は匂い立つように青くみずみずしく、いかにもやわらかそうだった。

私が到着したのは午後遅めの時間で、わずかに斜めに傾きかけた、そのぶん余計にまぶしく思える日ざしが、庭全体に溢れていた。そして、なかでもとりわけ日あたりのいい一角に、チューリップがたくさん植えられていた。チューリップたちは狂ったように咲いていた。互いに茎が交差してしまうほどそっくり返り、花びらを全開にして、あられもない恰好で、野蛮に、静かに、金色の日ざしを浴びていた。

咲いた咲いた、チューリップの花が、

ならんだならんだ、赤白黄色*、

という、歌詞もメロディも単純な童謡のイメージとはかけ離れた、奔放な姿に私は見惚れた。それはとても大人びた可憐さだった。一本ずつが、土と空気と日ざしをそれぞれ一人で受けとめていた。雄姿、という言葉が私の頭には浮かんだ。いいなあ、チューリップ、生を謳歌しているなあ、と思った。

どういうわけか、子供にとってチューリップは親しみやすい花であるらしく、幼稚園児でも名前を知っているし、子供の描く花の絵の、多くがチューリップ（のようなもの）だったりする。そのせいか、チューリップにはどこか幼い、あどけない印象を持っていたのだが、それはもちろん全くの濡れ衣、というか誤解なのだった。

去年、アンデルセンの『おやゆびひめ』を翻訳した。くるみの殻のベッドに眠れるほど小さく、かわいらしい顔立ちをしたおやゆびひめは、そのかわいらしさ故に、妻候補としてまずヒキガエルに誘拐され、次に黄金虫に誘拐される。なんとか難を逃れたのも束のま、今度は親切な野ねずみによって、強制的にもぐらに嫁がされそうになる。日照時間の短い北欧の物語にふさわしく、おやゆびひめはお日さまの光が大好きなのだが、もぐらは日ざしに我慢ならない。そこでおやゆびひめはつばめと一緒に逃げだす。

物語の最後に彼女が出会う王子さまもまた、彼女の顔立ちのかわいらしさしか見ていないのは皮肉なことで、どう考えてもこれはダークなファンタジーなのだけれど、そのおやゆびひめは、チューリップの花から生れてきたことになっている。

私は、おやゆびひめが森でひとり暮しをする短い場面が好きで何度も読み返すのだが、そのたびに思いだすのは、エペルネーのホテルの庭の、のびやかで奔放なチューリップの姿だ。

（「草月」二〇一四年春季号）

＊近藤宮子作詞「チューリップ」

近所の花――夏

子供のころに住んでいた町のことを、よく憶えている。あれは、何なのだろう。どこに何があるのか、自分に関係のないもの――床屋、煙草屋、スナック、鍼灸院、銭湯、産婦人科医院――まで知っていたし、いま考えると笑ってしまうことに、何を売っているのか見当もつかないまま、「明るい家族計画」と書かれた自動販売機がどこにあるのかも知っていた。三味線を教えている家、いつ見ても頭にカーラーをくっつけている女の人の住んでいる家、テレビの音が道まではみだしている家、犬のいる家――。

いま住んでいる町に、私はもう二十年住んでいることになるのだが、普段自分が行く店や、利用するもののことしかわからない。

外で遊ぶよりも、家のなかで本を読んだり絵をかいたりすることの好きな子供だったのに、どうしてあんなに町をよく見ていたのだろう。とくに夏の夕暮れ——。

まだあかるい、まだあかるいと思っているうちに、すこしずつ空気がひんやりと薄青くなり、その青さは肌まで染めてしまいそうで、にわかに心細くなる。夕食の仕度をする匂いや、お風呂をわかすあたたかげな湯気の匂いが、どこかから風にのって漂ってくる。そして、そのくらいの時間から、植物が静かに生気を放ち始める。子供の目の高さに咲く、濃いピンクのおしろい花の茂みや、垣根ごしに見えるほど背の高いタチアオイ、夕闇にぽっかり出現し、この世のものではないかのような、つめたい黄色い花びらをふるわせる待宵草。どれもあちこちに咲く、ありふれた、近所の花だった。

淡いピンク色の合歓《ねむ》の花が、私はとりわけ好きだった。あれはほんとうにぽやぽやと、薄青い夕方の空気に溶けてしまいそうな風情で咲く。シダに似た葉は夕方になると閉じるのに、花の方は、夕方から夜にかけてだけ開くのだ。合歓、という音の響きが眠りを連想させ、そして、眠っているようにひそやかな、だから誰もじゃまをしてはいけない木だと思っていた。

夏の花が好きな人は夏に死ぬってほんとうかしら、というセリフが太宰治の『斜陽』（たぶん）にでてくるのだが、もしそれがほんとうなら、私は夏に死ぬのかもしれない。

夏の夕暮れは、いまでもやっぱり特別だ。ふいに、自分がどこにも属していないように感じられ、寄るべがなく、子供じみた気持ちになる。かつてのように、どの路地のどの家にどんな花が咲いているのか、すべて把握しているわけではないけれど、その分、驚きとともに足を止めて目を瞠る。かたばみとかねずみもちとか、目立たない、地味な花を見つけると嬉しい。

もっとも、まだあかるい、まだあかるいと思っているうちに周囲が薄青く染まり、心細くなった子供のころとは違って、いまの私は、まだ暗い、まだ暗い、と思いながらお酒をのんでいるうちに、窓の外が仄白くなっていて、びっくりしたりもするのだけれども。

（「草月」二〇一四年夏季号）

なでしこのこと――秋

私の通っていた女子校の制服の胸に、なでしこの花が刺繡されていた。それが校章なので仕方がないのだったが、年配の女の先生がたがさかんに、あなたがたは大和撫子なのですから、とおっしゃってはお説教（あるいは士気を鼓舞？）されるので、私としては、その花があまりありがたくなかった。胸につけているだけで、嘘をついているようで気が咎めた。

なでしこは、秋の七草の一つだ。

私は、春の七草なら全部言えるが、秋のそれは言えない。すすきとおみなえし、なでしこ、萩、桔梗、の五つしかでてこない。理由は単純で、お粥にしてたべないからだと思われる。毎年、一月七日の朝の台所で母が、歌うような口調で、せりなずな、ごぎょうはこべらほとけのざ、すずなすずしろ、これぞ七草、と言っていたのを憶えているので、春のそれは言えるのだ。

でもその一方で、なぜその七つが春の七草なのか、誰が決めたのか、私は知らない。秋の七草は、山上憶良が詠んだ歌に由来しているということを、件の女子校の、古文の授業で習ったので憶えている。

古文の先生は、私たちのクラスの担任でもあり、ちょっとニヒルな笑い方をする男のひとだった。名うてのお酒好きで、ほとんどいつも目が充血していたし、ときどき、朝、お酒くさかった。職員室の机のいちばん下のひきだしに日本酒やウイスキーの壜を入れていることは、他の先生も、生徒たちも知っていた。いまだったら、きっと問題になるのだろう。でも当時は問題にならなかった(か、なっても、大きな問題にはならなかった)。

彼は素晴らしい先生だった。眼光鋭く、授業中以外は言葉数がすくなく、でも、いざ口をひらくと、小柄な身体からは想像もつかないくらい、声に凄みがあった。クラスには、いわゆる不良少女もいたし、不登校の子も、反抗的な子も、すぐに泣く子も甘える子もいた。彼は、女子校特有のわずらわしさにもかまびすしさにもひるまなかったし、迎合もせず、生徒に関して、決して匙を投げなかった。

私は、彼のお陰で鴨長明が好きになった。菅原孝標女も。そういう人たちを、生身の人間だと感じさせるような授業を彼はした。

秋の七草を全部は言えない、と言ったら彼が顔をしかめそうなので、手元の歳時記で調べてみたところ、残り二つは葛花と藤袴だった。藤袴！　そうだった！　おもしろい名前の花だから、印象的だったはずなのに。

何がそうだっただ、しょうもないな。

先生は、きっとそう言って笑うだろう。しょうもない、が口癖だった。

その先生が亡くなって、もう三十年近くたつ。私たちの通っていた女子校も、いまはもうない。男女共学の学校として、名前も変わり、新しくなったと聞いている。

たぶん、もう、校章はなでしこではないだろう。

（「草月」二〇一四年秋季号）

雪の荒野とヒース——冬

エミリー・ブロンテの生涯をたどる、という趣旨のテレビ番組の仕事でイギリスに行ったとき、ハワースというその小さな村は、一面の雪景色だった。凍えながら、私は荒野を歩いた。はい、当然です、エミリー・ブロンテといえば荒野、そこには家もなく道もなく人影もなく、あるのはヒースの茂みと、ぼうぼうと耳元で鳴る風の音のみ。

見渡す限り紫色のヒースの茂みです、と、出発前にディレクターは言っていた。そのなかを一人で歩いていただいて、ヘリコプターから空撮します、と。確かにその通りだった。雪の積もった地面の上は、見渡す限りヒースの茂み。ただ、それは真冬で、ヒースは夏の花なのだった。私は息をのんだ。目の前の光景は、私が想像していたような一面の紫ではなかったが、私が想像していたよりも、はるかにもっと、美しかった。

無数のヒースが、地面にすっくと立ったまま乾き、わずかに色をとどめた花を、風に揺らしていた。あっけらかんと、さばさばと。花の色というのは、もしかするとじゃまなものなのかもしれないと、そのとき私は思った。色素の抜けた花をつけたヒースは、ようやく全身でヒースになった、そんなふうに見えた。そういえば、私はよく山道で見かけるあざみの花も、色褪せて、立ったまま乾いている姿が昔から好きなのだった。わびとかさびとかではない。もっとさっぱりした、気持ちのいい何か。その自由さ、愉快さ、野蛮なまでの生命力。

ところで、ヘリコプターからの空撮というものを、私はそのとき初めて経験し、それ以来していない。あのときはまだ二十代だったので、辛うじてやり果《おお》せたものの、もうできないだろうと思う。なにしろものすごい風圧で、立っているのもやっとなのだ。やっとなのに、丈高くのびたヒースの茂みを踏み分け踏み分け、雪のなかを歩かなくてはならない。ヘリコプターはうしろから近づいてくるので、私はおもしろいように転んだ。ばたん、ばたんと、ほとんど顔から。転ぶと、風に上から押さえつけられ、地面にめりこみそうなのに、耳につけたインカムから、「立って下さい！　立って！　歩いて！」という声がとびこんでくる。私はマイクをつけていないので、こちらからは何も発言できず、というより、ヘリコプターに乗っている人たちを除くと、見渡す限り周囲には誰もいなくて、仕方がないので一人で、立ち上がっては転び、立ち上がっては転びながら歩いた。エミリー・ブロンテに思いをはせながら歩くことになっていたし、実際にそのようにオン・エアされもしたが、ほんとうはあのとき、「立って下さい！　江國さん、立って！」とあまりにもたびたび指示された私が思いをはせていたのは、あしたのジョーだった。「サンドーバァッグにー、浮かんーで消えるー」という歌を胸の内で口ずさみながら、ヒースの茂みのただなかを、闘うような気持ちで、歩いたのだった。

（「草月」二〇一四年冬季号）

〝気〟のこと

ここのところ、〝気〟について考えている。私の〝気〟は無駄に活発だ。なぜ無駄になのかといえば、私は気働きができるわけでも気がきくわけでもないからで、それなのに気が急いたり気が咎めたり、気が高ぶったり気がひけたりはしょっちゅうする。気おくれしたり気を呑まれたり、気が気じゃなかったりもする。瑣末なことが気になって仕方のない性分なのに、大事なことに気づかなかったりもする。どうなっているのかわからない。しっかりしてくれ、と私は私の〝気〟に言いたい。

ともかく、〝気〟というのは矢鱈に運動量の多いものなのだ。沈んだり浮き立ったり、もめたり晴れたり大きくなったり、重くなったり軽くなったり、立ったり抜けたりするかと思えば、いきなり転倒したりもするものだから、運動の苦手な私は翻弄され、疲弊してしまう。

それに、〝気〟には謎が多い。たとえば、私はよく人に、「気を回しすぎだよ」と言われるのだが、「気が回るね」と言われたことは一度もない。どういうことなのかわからない。私の〝気〟は、回しても回らないのだろうか。

いちばん厄介なのは、私がしょっちゅう〝気がすまない〟と感じることだ。たとえば、誰かにごちそうになることは、私としては大歓迎なのに、それでは私の気がすまない。それで、相手が困惑してもおかまいなしに、いいえ、私が払いますと言い張ったりする。また、たとえば、私がきょうは一日中仕事をしようと思っていても、二時間お風呂に入らないと私の気がすまないし、一時間ピアノを弾かないと、やっぱり私の気がすまない。私はほとほと困ってしまう。私にとって、私の〝気〟は、ときどき暴君のようだ。

だから私は気ままという言葉がこわい。気ままに暮らす、と言えば一見自由で快適そうだが、それは〝気〟の言いなり、なすがままということで、すくなくとも私の場合、そんなことになったら大惨事だ。なにしろ私の〝気〟は迷いやすい。暴君なのに迷いやすいなんて、ついて行く者の身にもなってほしい。

考えれば考えるほど、〝気〟というのは御し難いものに思える。でも、その御し難いものがこの世には溢れている（気が抜ける、と言う以上、ビールだって〝気〟を持っているのだ）。そこらじゅう、〝気〟だらけだと言っていい。男気、女気、本気、根気、やる気、元気、その気、邪気、語気、怒気、無邪気、覇気、のん気、妖気、辛気、陽気、陰気、勇気——。気迫とか気概とか気骨とかも、おそらくその親戚筋だろう。水蒸気とか寒気とか暖気とか空気とかまで含めたら、この世に生息している人間の質量より、〝気〟の方がずっと多いと考えざるを得ない。

私は、自分が日々感じていることや考えていることが、全部〝気のせい〟なのではないかと、心配になる。

（「暮しの手帖」二〇一六年六月号）

彼女はいま全力で

ちさはいま七歳で、二年二組の教室の、窓際の席に坐っている。季節は初夏で、空が青い。誰もいない校庭のまんなかで、スプリンクラーが回っている。授業中だが、授業をちさは聞いていない。先生の声を、でも認識はしている、ただそこにある音として。認識することは許すことだ。ちさは日々全力でそれをする。世界はすでに目の前にあるので、ちさにできるのは許すことだけなのだ。たとえば学校の、先生の、他の子供たちの存在を許すこと。保健室の匂いを、通学路の歩道橋を、地面を這う蟻を、葉っぱにくっついたテントウムシを――。許すべき物事は無数にある。たとえばこの世に昼と夜があること、あいだに朝と夕方もあること、あのパパが自分のパパであり、あのママが自分のママであること、雨の音も日ざしのまぶしさも、給食に牛乳がでることも、ちさは認めて許さなくてはならない。朝顔の花がああいう形だということも、鉛筆の芯がときどき折れるということも。許しても許しても追いつかない。ちさの許可なく人は（いまは元気でもやがて）死んでしまうのだし、ちさの許可なく蚊はちさの血を吸う。ちさの許可なくちさは夜尿症なのだし、ちさの許可なく先生は喋る。不本意という言葉をちさはまだ知らない。だから不本意だとは思わない。かわりに、世界だと思う。世界だと認識し、持って生れた勇敢さで、一人でそれに立ち向かう。すべてに――。知っている人たちに、知らない人たちに。昼に、夜に。蚊にも夜尿症にも折れる鉛筆の芯にも。

ちさはいま七歳で、二年二組の教室の、窓際の席に坐っている。季節は初夏で、空が青い。誰もいない校庭のまんなかで、スプリンクラーが回っている。授業中だが、授業をちさは聞いていない。傍目には、何もしていないように見えるだろう。ただぼんやりしているだけのように。でも、彼女はいま全力で、世界を許そうとしているのだ。

（JRA日本ダービー文庫「馬のような人の物語」三、「読売新聞」二〇一五年五月二十四日）

あとがき

実にまったく、読むこと、書くことにあけくれて暮しています。読むことと書くことをめぐる散文集をつくりませんか、と提案されたとき、だから私はなんとなく、それは理にかなったことかもしれないと、思ってしまったのでした。

なかには、書いたことを自分でも忘れていた文章もあり、それらをこうしてならべてみると、なんというか、私は頑固なんだなと思い知らされました。おんなじことばっかり言ってる。

ここにはエッセイと掌編小説がまざっていますが、エッセイよりも小説の方により自分が露呈する、というのはいつもながらこわいことです。

最近、『満ちみてる生』(ジョン・ファンテ著、栗原俊秀訳／未知谷)という小説を読みました。ひっきりなしに本を読んでいてもめったに出会えない、文句なしにすばらしい小説でした。読むことについて、書くことについて、生きることについて、のすべてがその一冊のなかにあり、それは、とめどなく湧きでるけれど保存できない、輝かしい、いきのいい、まじりけのない幸福、とでも呼ぶべきもので、だから、いまこのあとがきを読んでくださっているかたには、早くこれを置いて、本屋さんに行って、『満ちみてる生』を買って、と言いたい。

すばらしい本を一冊読んだときの、いま自分のいる世界まで読む前とは違ってしまうあの力、架空の世界から現実にはみだしてくる、あの途方もない力。それについて、つまり私はこの散文集のなかで、言いたかったのだと思います。

あちこちに書いた短文を探して集め、選んで、編んでくださった編集者に感謝します。ひっそりとした本にしていただけて、うれしいです。池谷さん（それが編集者の名前です）も読んでね、『満ちみてる生』。

二〇一八年二月　江國香織

解説

小説家のなかとそと

町屋良平

身も心も疲れはて魂までもが危うい、という状況になったとしても読める好きな作家がいれば人生はすこし生きやすい。自分にとって、そうしたサバイバル感覚を持って再読する特別な作家のひとりとして江國香織がいる。これはもうずっと変わらない。たくさんのエッセイと掌編小説が収録され、「散文集」といった佇まいがよく似合う本書を読んで私は、江國香織がどうやってそのような稀有な作家人生を生きつづけていられるのか、その秘密をちょっとだけ理解したような気がした。それをうまく言葉にしてだれかと共有できればいいのだが、おそろしいのは読者それぞれがそれぞれの「江國香織の秘密」を知っていて、隠し持っているような気がすることだ。だからこの文章はほんの私的な愛の告白にすぎないのだろう。

さよならを言うのはすこしのあいだ死ぬことだ、と言ったのはフィリップ・マーロウだけれども、散歩をするのもまた、すこしのあいだ死ぬことだ。日常からはみだすこと。日常がそこでぷつんと切れて、時間が停滞する、というか、ゆるくかたまる、くず湯みたいに。そういう意味で、散歩と旅とお風呂は似ている。

(「散歩がついてくる」傍点原文)

すこしのあいだ死ぬこと。

私はそうそう、とうれしく思った。小説家として生きているとだんだん「すこしのあいだ死ぬ」感覚が身体に馴染んでくる。ここで書かれているように、たとえば散歩と旅とお風呂、その三つを入れ換えたり重ねたりすること、日常とその周辺を出たり入ったりすることが、小説を読み書きすることにも繋がっているのではないだろうか。小説を書いている時間と小説を書いていない時間はおなじ「私」でもまったく違う手触りをもつ。時間が記憶になってもそれらは交わらず、身体のどこかでつねにどちらか生きていてどちらか死んでいるような心持ちがする。しかしすこしのあいだ死んでいても私は私としての自己同一性をそれなりに保たなければならない。言葉がそれをたすけてくれる。

本書はほんのすこし死ぬことと、ほんのすこし生きること、そのあいだを出入りするような感覚にしじゅう満ち満ちている。それが「物語のなかとそと」というタイトルにもよくあらわれており、その出入りこそに小説の、または小説家の秘密があるようで、文章の流れや話の運びの、こまかい気配りと大胆さ（その両者の矛盾のなさ！）にドキドキさせられっぱなしだ。

本を読んでいるあいだ、私はその物語のなかにいます。そして、私の仕事は小説を書くことですから、仕事をしているあいだ、私はその小説のなかにいます。つまり、現実を生きている時間より、物語のなかにいる時間の方がはるかにながい。もう、ずっとそうです。

（「物語のなかとそと——文学的近況」）

この本に書かれている文章のどこもかしこもが江國香織が物語を出入りする、まるで生死を自在にオンオフしていくようなその瞬間ごとを収めているようでめざましく危うい。あまりに奔放に、なかとそとを自在に出入りする江國香織の言葉は読者の言葉の膜をおかして溶け合い、つまり読者もいつしか自分の物語のなかとそとを出入りすることを強いられる。なるほど日常をつづった散文集なのだなと油断して読んでいると、いつのまにか意識が移入して、この身があぶないというわけである。いつしか読者としての私の物語のなかとそとも、入れ換わっているかもしれない。

「パンのこと」と題されたエッセイは生きるほうの感覚をまざまざとかきたてられる。自分は食に対する関心がうすく、三度三度の食事をきちんと楽しもうという心がけから遠い人間で、そのせいか食について書かれた文章を読んでも「おいしそう」という感想があまり湧いてこない。しかし「パンのこと」で控えめに描写される薄く切った食パン、フランスパン、コッペパンなどが喚起させる「生きている」感はものすごい。

この薄いトーストというのは素晴らしくて、香ばしく焼けた色と匂いに加えて四角四面な佇いも美しく、そのままでもバターをすこしつけても完璧な味がする。ジャムや、ハムや、チーズや、ハチミツや、きゅうりとよく合うだけじゃなく、アルコールに漬けたウニや、葉とうがらしの佃煮や、おみそしるともよく合う。

（「パンのこと」）

「おいしそう」なのはもちろんのこと、「食べたい」でもまだ控えめな表現で、私はこれらの描写を読んで、言葉で書かれたにすぎないそれらをもう、食べている感覚に陥った。江國香織は自身のことを「言葉しか信じられない」人間だと表現したことがある。そう発言された対談集（『和子の部屋』）を読んでいたときにはまだ不充分だった江國香織の言葉への堅固な実感を、江國香織によって書かれたパン描写を食べるような読書によって、まさに腑におちるというべき感覚に満たされた。こうした体験は食べ物の描写に限ったことではなく、小説を読んでいてもエッセイを読んでいても、私は江國香織によって書かれたものを食べるように読んで生きているのだとわかる。

世代にわたって人気を獲得する作家の条件として、「変わりながら変わらない」ということが重要なのではないかと思っている。デビューから最新刊にいたるまで江國香織の文章の、根底にある言葉への態度やその眼差しは変わっていない。それなのに一作ごとに自らに挑戦を課し、変わりつづけている作家であることもまた自明なのである。それらがともに矛盾せず共存している。変わることと変わらないことは相反しないのである。モチーフが一変しても細部の鮮やかさは変わらないし、うっとりするような美文の先におどろくほど新鮮な仕掛けが施されていたりもする。江國香織は変わりつつ変わらない、変わらないままで変わることの得意な作家である。一般にはずっとぶれないこの作家ならではの文章世界という印象が強いかもしれない。しかし私はしなやかに変われる江國香織の強さのような部分によりひかれている。それは新しいことに媚びず、それでいてつねに挑戦しつづける江國香織ならではの気高さである。

本書には掌編小説も収録されており、江國自身が「エッセイよりも小説の方により自分が露呈する、というのはいつもながらこわいことです」とあとがきで語っている。「こわいこと」の内実は「奇妙な場所」という掌編を読めば推し量れる。

この作品の凄みには何度読んでも意表をつかれる。再読のたびに種類の違う衝撃を、規則正しく確実にうけとるのだ。三人の女が昼食をともにしたあとで「暮れの買物」に赴くというだけの筋なのだが、この短さにしてこれは江國香織にしか書けないという確信の、もう不用意に言ってしまうと「ヤバさ」が全開なのだ。三人が三人ともすごく似ているし、まったく似ていない。それぞれのエネルギーが重なりあってスーパーマーケットを邁進する描写は圧巻そのもの。読み終わったときの怒濤に、茫然自失めいた食らった感じをおぼえ、記憶にこびりついて忘れがたい。まだ読んでいない人のスマートフォンに強制的に表示させ、無理やりに読んでもらいたいぐらいの小説だ。

このような野蛮な発想が浮かんでしまうぐらい、読み終えたときの自分がどことなく粗暴で、勇敢な気分に満ちているというのが、江國香織を読むことの最大のすばらしさである。これは言い過ぎではないとおもうのだが、江國香織がくれたこうした気分がなければ自分は小説を書かなかっただろうし、書かなくても平気だっただろう。江國香織によって私は小説家になってしまうのだったが、それはむろん彼女の存在ではなく、彼女の言葉によってなのだから、私の言葉が勝手に小説になってしまうのだと言いたい。

そしてこれからも江國香織の言葉によって刺激され、小説になってしまうものを書きはじめる小説家たちは、生まれつづけるだろう。ただのびのびと言葉を信じることで、他者にものびのびと書かせてしまう、そのような呪いめいた魔法の言葉をつかう、人はそうした人間をして小説家と呼ぶ。

（まちや　りょうへい／作家）

物語《ものがたり》のなかとそと
朝日文庫

2021年3月30日　第1刷発行

著　　者　江《え》國《くに》香《か》織《おり》

発 行 者　三宮博信
発 行 所　朝日新聞出版
〒104-8011　東京都中央区築地5-3-2
電話　03-5541-8832(編集)
　　　03-5540-7793(販売)

印刷製本　大日本印刷株式会社

© 2018 Kaori Ekuni
Published in Japan by Asahi Shimbun Publications Inc.
定価はカバーに表示してあります

ISBN978-4-02-264984-3

落丁・乱丁の場合は弊社業務部(電話 03-5540-7800)へご連絡ください。

送料弊社負担にてお取り替えいたします。

江國 香織
いつか記憶からこぼれおちるとしても

私たちは、いつまでも「あのころ」のままだ——。少女と大人のあわいで揺れる一七歳の孤独と幸福を鮮やかに描く。《解説・石井睦美》

江國 香織
ヤモリ、カエル、シジミチョウ
《谷崎潤一郎賞受賞作》

小さな動物や虫と話ができる拓人の目に映る色鮮やかな世界。穏やかでいられない家族のなか、拓人は日常を冒険する。《解説・倉本さおり》

浅田 次郎
椿山課長の七日間

突然死した椿山和昭は家族に別れを告げるため、美女の肉体を借りて七日間だけ〝現世〟に舞い戻った! 涙と笑いの感動巨編。《解説・北上次郎》

伊坂 幸太郎
ガソリン生活

望月兄弟の前に現れた女優と強面の芸能記者!? 次々に謎が降りかかる、仲良し一家の冒険譚! 愛すべき長編ミステリー。《解説・津村記久子》

伊東 潤
江戸を造った男

海運航路整備、治水、灌漑、鉱山採掘……江戸の都市計画・日本大改造の総指揮者、河村瑞賢の波瀾万丈の生涯を描く長編時代小説。《解説・飯田泰之》

今村 夏子
星の子

病弱だったちひろを救いたい一心で、両親は「あやしい宗教」にのめり込み、少しずつ家族のかたちを歪めていく……。芥川賞作家のもうひとつの代表作。

朝日文庫

恩田 陸
錆びた太陽
立入制限区域を巡回する人型ロボットたちの前に国税庁から派遣されたという謎の女が現れた！　その目的とは？　《解説・宮内悠介》

小川 洋子
ことり
《芸術選奨文部科学大臣賞受賞作》
人間の言葉は話せないが小鳥のさえずりを理解する兄と、兄の言葉を唯一わかる弟。慎み深い兄弟の一生を描く、著者の会心作。《解説・小野正嗣》

角田 光代
坂の途中の家
娘を殺した母親は、私かもしれない。社会を震撼させた乳幼児の虐待死事件と〈家族〉であることの光と闇に迫る心理サスペンス。《解説・河合香織》

久坂部 羊
老乱
老い衰える不安を抱える老人と、介護の負担に悩む家族。在宅医療を知る医師がリアルに描いた新たな認知症小説。　《解説・最相葉月》

今野 敏
TOKAGE《トカゲ》
特殊遊撃捜査隊
大手銀行の行員が誘拐され、身代金一〇億円が要求された。警視庁捜査一課の覆面バイク部隊「トカゲ」が事件に挑む。　《解説・香山二三郎》

重松 清
ニワトリは一度だけ飛べる
左遷部署に異動となった酒井のもとに「ニワトリは一度だけ飛べる」という題名の謎のメールが届くようになり……。名手が贈る珠玉の長編小説。

朝日文庫

鈴峯 紅也
警視庁監察官Q
人並みの感情を失った代わりに、超記憶能力を得た監察官・小田垣観月。アイスクイーンと呼ばれる彼女が警察内部に巣食う悪を裁く新シリーズ!

小説トリッパー編集部編
20の短編小説
人気作家二〇人が「二〇」をテーマに短編を競作。現代小説の最前線にいる作家たちのエッセンスが一冊で味わえる、最強のアンソロジー。

堂場 瞬一
暗転
通勤電車が脱線し八〇人以上の死者を出す大惨事が起きた。鉄道会社は何かを隠していると思った老警官とジャーナリストは真相に食らいつく。

貫井 徳郎
乱反射
《日本推理作家協会賞受賞作》
幼い命の死。報われぬ悲しみ。決して法では裁けない「殺人」に、残された家族は沈黙するしかないのか? 社会派エンターテインメントの傑作。

西 加奈子
ふくわらい
《河合隼雄物語賞受賞作》
不器用にしか生きられない編集者の鳴木戸定は、自分を包み込む愛すべき世界に気づいていく。第一回河合隼雄物語賞受賞作。《解説・上橋菜穂子》

梨木 香歩
f植物園の巣穴
歯痛に悩む植物園の園丁は、ある日巣穴に落ちて……。動植物や地理を豊かに描き、埋もれた記憶を掘り起こす著者会心の異界譚。《解説・松永美穂》

中山　七里
闘う君の唄を
新任幼稚園教諭の喜多嶋凜は自らの理想を貫き、周囲から認められていくのだが……。どんでん返しの帝王が贈る驚愕のミステリ。《解説・大矢博子》

葉室　麟
柚子《ゆず》の花咲く
少年時代の恩師が殺された事実を知った筒井恭平は、真相を突き止めるため命懸けで敵藩に潜入する――。感動の長編時代小説。《解説・江上　剛》

畠中　恵
明治・妖《あやかし》モダン
巡査の滝と原田は一瞬で成長する少女や妖出現の噂など不思議な事件に奔走する。ドキドキ時々ヒヤリの痛快妖怪ファンタジー。《解説・杉江松恋》

細谷正充・編／宇江佐真理／北原亞以子／杉本苑子／半村良／平岩弓枝／山本一力／山本周五郎・著
情に泣く
朝日文庫時代小説アンソロジー　人情・市井編
失踪した若君を探すため物乞いに堕ちた老藩士、家族に虐げられ娼家で金を毟られる旗本の四男坊など、名手による珠玉の物語。《解説・細谷正充》

村田　沙耶香
しろいろの街の、その骨の体温の
《三島由紀夫賞受賞作》
クラスでは目立たない存在の、小学四年と中学二年の結佳を通して、女の子が少女へと変化する時間を丹念に描く、静かな衝撃作。《解説・西加奈子》

湊　かなえ
物語のおわり
悩みを抱えた者たちが北海道へひとり旅をする。道中に手渡されたのは結末の書かれていない小説だった。本当の結末とは――。《解説・藤村忠寿》

朝日文庫

山本　一力
たすけ鍼《ばり》
深川に住む染谷《せんこく》は〝ツボ師〟の異名をとる名鍼灸師。病を癒やし、心を救い、人助けや世直しに奔走する日々を描く長編時代小説。《解説・重金敦之》

森見　登美彦
聖なる怠け者の冒険
《京都本大賞受賞作》
宵山で賑やかな京都を舞台に、全く動かない主人公・小和田君の果てしなく長い冒険が始まる。著者による文庫版あとがき付き。

横山　秀夫
震度0《ゼロ》
阪神大震災の朝、県警幹部の一人が姿を消した。失踪を巡り人々の思惑が複雑に交錯する。組織の本質を鋭くえぐる長編警察小説。

柚木　麻子
嘆きの美女
見た目も性格も「ブス」、ネットに悪口ばかり書き連ねる耶居子は、あるきっかけで美人たちと同居するハメに……。《解説・黒沢かずこ（森三中）》

綿矢　りさ
私をくいとめて
黒田みつ子、もうすぐ三三歳。「おひとりさま」生活を満喫していたが、あの人が現れ、なぜか気持ちが揺らいでしまう。《解説・金原ひとみ》

宇佐美　まこと
夜の声を聴く
引きこもりの隆太が誘われたのは、一一年前の一家殺人事件に端を発する悲哀渦巻く世界だった！平穏な日常が揺らぐ衝撃の書き下ろしミステリー。